노는 게
아니라
기획하는 겁니다

노는 게 아니라 기획하는 겁니다

1판 1쇄 발행 2018년 5월 8일

지은이 원민

펴낸이 원하나
디자인 정미영
일러스트 박진영
출력·인쇄 금강인쇄(주)

펴낸 곳 하나의 책
출판등록 2013년 7월 31일 제251-2013-67호
주소 서울시 관악구 남부순환로 1855 통일빌딩 308-1호
전화 070-7801-0317 **팩스** 02-6499-3873
홈페이지 www.theonebook.co.kr

©2018, 원민

ISBN 979-11-87600-07-7 03810

이 도서의 국립중앙도서관 출판예정도서목록(CIP)은 서지정보유통지원시스템 홈페이지(http://seoji.nl.go.
kr)와 국가자료공동목록시스템(http://www.nl.go.kr/kolisnet)에서 이용하실 수 있습니다.(CIP제어번호:
CIP2018011962)

노는 게
아니라
기획하는 겁니다

원 민

지음

하나의책

　출판사에서 출간 제안을 받았을 때 '내가 과연 책을 쓸 만한 사람인가'라는 고민을 많이 했습니다. 책을 쓴다면 사회에 '귀감이 되는 사람'이나 '성공한 사람' 정도는 되어야 한다고 생각했습니다. 저는 지극히 개인적인 욕구를 위해 살아가는 사람입니다. 보통 그런 사람은 자신만을 위해 살거나 마음대로 살기 마련입니다. 그리고 항상 주위에 걱정 근심을 끼치며 '아직 철이 없다'라는 소리를 듣고 삽니다. 하지만 그럼에도 불구하고, 내가 책을 써도 된다면 책을 쓰는 이유는 무엇일까 일주일 정도 고민을 했습니다.

　해외에서 보낸 3년 정도의 시간을 빼면 저는 항상 지방에 있었습니다. 주변의 친구들이 꿈을 위해 혹은 더욱 큰 무대를 갈망하며 수도

권으로 떠날 때(혹은 떠날 수밖에 없을 때) 저는 지방에 남았습니다. 지방에서의 생활이 좋았고 그래서 이곳에 남아 할 수 있는 것이 무엇일지 살펴보았습니다. 그 결과 지역의 청년들에게 필요한 서비스가 있다는 것을 느꼈고, 이를 통해 평생 지역에서 살고 싶다는 저의 꿈을 실현할 수 있겠다는 일말의 가능성을 보고 '우깨'를 설립했습니다.

그 작은 가능성을 믿고 달린지 어느덧 4년이 됐습니다. 그동안 많은 분들을 만나고 다양한 일들을 했습니다. 그 과정에서 저도 조금씩 성장했습니다. 시간이 지날수록 점점 지역에서 할 수 있는 역할도 많아졌습니다. 더불어 저의 호칭도 대표, 멘토, 컨설턴트, 심사위원, 강사, 선생님 등으로 다양해졌습니다. 풍족하지는 않지만 그럭저럭 먹고 살 수 있는 구조도 생겼습니다. 참으로 감사하게도 저희 식구 셋을 비롯하여 제 옆에서 일하는 든든한 동료 네 명이 경제적인 성과도 차근차근 쌓아 가고 있습니다. 얼마나 감사한 일인지 모릅니다.

무엇보다 가장 만족스러운 것은, 저는 지금 하는 일이 무척 좋다는 것입니다. 남들은 제가 무엇을 하는지 아직 잘 이해하지 못합니다. '문화 기획사'를 한다고 하면 "그렇다면 돈은 어떻게 버느냐?"라는 물음이 단박에 돌아옵니다. 그래도 지금 제가 하는 일은 하고 싶었던 일이 었기에 즐겁고, 할 수 있는 일이기에 좋습니다. 무엇보다 곁에 함께하는 사람들이 많다는 것이 좋습니다. 매일 아침 우리가 운영하는 작은 동네 서점에 출근하는 마음은 설렘으로 가득합니다.

이러한 만족감과 함께 우리에게는 나름의 사명감도 생겼습니다. 지역에서 이런 일을 통해 잘 먹고 잘 사는 것. '우깨'를 처음 만들었을 때부터 함께한 친구들과 항상 나눴던 이야기입니다. 지역 청년들이 하고 싶은 일을 하면서 이곳을 벗어나지 않고도 잘 먹고 잘 살았으면 좋겠습니다. 너무 많은 청년들이 하고 싶은 일이 있는데도 할 수밖에 없는 일을 하면서 살아갑니다. 그리고 지역을 떠나고 있습니다.

우깨는 아직도 담아야 할 것도, 가 야할 길도 많이 남았습니다. 이 책이 우 리와 비슷한 꿈을 꾸거나, 우리와 같은 청년들을 응원하고 싶은 모든 이들에게 영감을 준다면 좋겠습니다.

기획이라는 사업의 특성상 여전히 저는 여기저기 휘둘리는 순간들이 많습니다. 그럴 때마다 항상 옆에서 무한한 믿음으로 "나는 당신이 무엇을 하든 무조건 응원하고 지지할거야!"라고 말해 주는 아내에게 고맙고 사랑한다는 말을 전하고 싶습니다.

2018년 봄

원민

Contents

2 '우깨'가 꿈꾸는 미래

특집

지원·공모사업 따내기: 검색부터 기획안 작성까지

나만의 기획으로 먹고살고 싶은 청년들에게

Stay

우리가 깨달은 것들

공부는 아무래도 싫었다

▲▲ 중고등학교 시절, 대부분의 학생들은 공부를 싫어한다. 나도 그런 아이 중 한 명이었다. 학교 밖에서 노는 것이 좋았고, 공부는 나와 맞지 않는다는 것을 진작 깨달았다. 그래도 고등학교 졸업은 해야겠기에 학교에서 숨 쉴 구멍을 찾았는데, 그것이 '교지 편집부'였다. 당시 학교에는 다양한 동아리들이 있었다. 영어공부 모임, 연극 모임, 밴드부 등. 그중 내가 교지 편집부에 들어간 이유는 간단했다. 취재를 이유로 야간자율학습에서 벗어날 수 있었기 때문이다.

편집부에 들어가는 방법을 알아보니 글쓰기 시험과 면접을 통과해야 했다. 글쓰기 시험에 정치 이슈가 나온다는 정보를 접하고 급한 대로 신문을 읽으며 혼자 이것저것 써 보는 연습을 했다. 벼락치기 공부였지만 간절함이 통했는지 나는 시험과 면접을 통과할 수 있었다.

편집부원은 실제로 취재 때문에 야간자율학습을 빠질 수 있는 특권(?)이 있었다. 특히 여자고등학교를 취재하러 갈 때는 신이 났다. 단순하게 공부가 싫어 선택한 동아리였지만 글을 쓰는 것도 재미가 있었다. 책을 만든다는 것에 대한 동경을 가지고 있었는데, 당시 만든 교지들이 관련된 호기심들을 충족시켜 주었다.

하지만 동아리는 동아리일 뿐, 나의 문제는 성적이었다. 공부가 적성에 맞지 않는 내 모습을 보면 부모님께 죄송했지만 공부는 아무래도 싫었다. 당연히 성적은 하위권이었고, 성적에 맞춰 지방 사립대에 입학했다.

남들이 대학을 가기에 나도 따라 진학했지만, 과를 선택할 때는 조금 고민을 했다. 내가 입학을 한 2007년에는 중국어가 뜰 것이라는 이야기가 있었고, 당시 나는 그나마 외국어에는 관심이 많아 별다른 고민 없이 중국언어문화학과를 선택해 입학했다.

대학생이 되니 술 마시고 집에 늦게 들어갈 수 있는 자유가

노는 게 아니라 기획하는 겁니다

생겨 즐거웠다. 그런데 하루 종일 학교에서 지내는 고등학생일 때보다 집에서 부모님과 지내는 시간이 많아지니 슬슬 눈치가 보였다. 졸업 후 딱히 하고 싶은 것도 없었고, 그러니 열심히 준비하는 것도 없었다. 부모님 앞에서는 괜히 의기소침했다. 그래서 나름의 도피처를 찾은 것이 군대였다. 1학년을 마치자마자 입대를 했고, 제대 후 바로 중국 대학교에 교환학생을 신청해 중국으로 갔다.

상해에서 6개월, 심천에서 1년을 공부했는데 당시 내 별명은 '크레이지 코리언'이었다. 그때 한국 학생들을 보면 한국인끼리만 모여 다니는 경우가 많았는데, 나는 외국인들과 어울리기 위해 노력했다. 한국인과 어울리면 중국어를 하나도 배우지 못할 것 같았기 때문이다. 그렇다고 외국인들과 중국어 공부를 열심히 한 것은 아니었다. 단지 그들과 어울려 노는 것이 즐거웠다.

미국이나 유럽에서 온 친구들이 본인들의 기숙사 방에서 자주 여는 파티는 굉장히 신선했다. 한국에서는 술을 마시려면 보통 술집에 가서 노는 문화가 일반적이다. 그런데 그들은 방에다 술과 안주를 사다 놓고, 마치 술집인 양 즐겁게 놀았다. '술집이 아닌 곳에서도 이렇게 신나게 놀 수 있구나' 싶어 신기했는데, 나중에 알고 보니 그들이 술집에 가지 않는 이유는 단순했다. 우리와는 다른 유럽의 술집 문화 때문이었다. 유럽의 술집은 학생들에게 비싸다고 했고, 어쩌다 술집에 간다 해도 문을 빨리 닫는다고 했다.

어쨌든 그렇게 '방 안에서의 술 문화'를 접한 후 나도 이런 공간에서 즐거운 파티장을 만들 수 있겠다고 생각했다. 물론 노는 것으로는 빠지지 않는 나도 그들처럼 파티를 열어 외국 친구들을 초대하며 놀았다. 중국에는 잔소리하는 부모님, 교수님이 안 계시니 정말 원 없이 마구 놀았다.

그런데 그렇게 정신없이 놀았던 것이 아주 쓸모없는 일은 아니었다. 한국 학생은 일부러 만나지 않고 외국인들과 어울리며 중국어를 사용하다 보니 중국어 실력이 빨리 늘었다. 어떤 친구들은 중국에서 1년 동안 공부를 해도 의사소통을 못하는데, 나는 4개월 만에 웬만한 의사소통을 할 수 있게 되었다.

노는 게 아니라 기획하는 겁니다

"이렇게도 먹고살 수 있구나"

▲▲ 놀면서 배운 중국어 실력은 더욱 늘었고, 중국 대학교의 어학원에서 진행하는 고급반에서도 더 이상 배우는 것은 시간 낭비 같았다. 그때부터 필요한 것은 중국인들 속으로 들어가 그들을 만나는 것이라고 생각했다. 그래서 중국 곳곳을 돌며 배낭여행을 했고, 약 10개 성을 돌아다녔다. 당시 나의 목표는 '소수 민족에게 밥 얻어먹고 다니기'였다. 다양한 사람과 문화를 접하고 싶어서였다. 새로운 삶을 알고 싶었다.

중국 여행은 일상이 거래였다. 식당에 들어가 음식값을 지불할 때도 흥정, 교통수단을 선택할 때도 '네고'가 필요했다. 처음에는 머뭇거렸지만 한두 번 흥정을 해 보니 재미도 있고 자신감도 생겼다. 이렇게 부딪치고 경험하면서 사람들과 이야기를 나누려 노력했다. 그러다 보니 나의 고정관념을 꽤 많이 깰 수 있었다.

가장 큰 깨달음은 직업에 대한 고정된 틀은 없다는 사실이었다. 그동안 나는 대학을 졸업하면 번듯한 회사에 취업해 월급으로 먹고사는 것이 당연한 삶이라고 생각했다. 그 외의 선택지는 머릿속에 그리지 못했다. 그런데 윈난성 호도협 트레킹 여행에서 만난 한 마부는 나에게 새로운 삶을 몸소 보여줬다.

트레킹 입구에는 마부들의 호객 행위가 성행한다. 손님은 선택한 말을 타고 여행하는데 이때 마부는 길을 안내하고, 관광지의 이야기도 들려준다. 나는 가장 건강해 보이는 말을 선택해 가격 흥정을 했다. 그때 만난 마부와 나눈 이야기가 그리 거창한 것은 아니었다. 단지 세상 걱정 없는 듯한 그의 이야기가 신기하고 부러웠다. 마부와 같이 다닌 트레킹 코스는 마부가 되기전 원래 그가 자주 놀러 다니던 동네였다고 한다. 그런데 어느날 보니 관광객이 늘고 있었고, 그러자 그는 말을 장만해 관광객을 태우면 돈을 벌 수 있다는 생각을 하게 되었다고 한다.

치밀하게 준비하고 공부해 직업을 찾는 삶만 생각했던 나에게, 당시 그 마부의 사업 수완과 삶은 다른 세상 이야기 같았

노는 게 아니라 기획하는 겁니다

다. 신선한 삶이었다. 중국에서 만난, 소소한 것에 즐거움과 행복을 느끼는 사람들은 그런 식으로 직업에 대한 시야를 확장해 줬다. 그리고 모든 삶에는 나름의 다양성이 있다는 것, 이 다양성을 서로 존중하면서 어울리는 것이 행복한 삶이라는 소신도 생겼다.

해외에서 일할 수만 있다면

▲▲ 중국을 돌아다니다 4개월이 지나니 돈이 떨어져 한국으로 돌아왔다. 그때부터 '마부의 저주'가 시작되었다. 즐겁게 일하면서 먹고사는 호도협의 마부와 주위 사람들의 삶을 비교하니 답답하기만 했다. 하루에 손님이 얼마나 올지 모르는 불안정한 삶이지만 마부의 표정은 살아 있었고, 목소리에는 자신감이 넘쳤었다. 이에 비해 치열하게 경쟁해 대기업에 들어간다 해도 조기 퇴직을 앞둔 한국 직장인들의 삶은 답답하게만 느껴졌다. 지금 생각하면 마부의 삶이 그리 대단한 것은 아니지만, 당시 새로운 세계에 눈뜬 나에게는 그 삶이 꽤 근사해 보였다.

이런 생각에 무조건 해외에서 일을 하고 싶다는 결심을 했다. 그때 생각한 방법이 해외 근무를 할 수 있는 한국 회사에

노는 게 아니라 기획하는 겁니다

입사하는 것이었다. 그러자 목표가 생겼다. 해외에서 일할 수 있는 회사에 취업하는 것이었다. 태어나 처음으로 미친 듯이 공부하기 시작했다.

우선 중국어 능력 시험인 HSK에서 가장 높은 등급을 따기 위해 공부했다. 토익과 각종 회사의 취업 시험도 대비했다. 전주에는 유혹이 많아 휴학을 하고 서울 고시원에서 공부를 시작했다. 매일 아침 6시에 일어나 도서관에 가 밤 10시까지 공부만 했다. 해외에서 일할 수만 있다면 그깟 공부는 힘들지 않았다.

갑자기 공부만 하는 내 모습을 부모님은 물론 친구들도 낯설어했다. 공부하느라 친구들과도 연락을 점점 끊었고, 변했다는 말도 들었다. 하지만 친구들의 반응이 그때는 아무렇지도 않았다. 해외 근무라는 목표가 분명했고, 그것을 이룰 수 있는 길은 취업을 위한 공부뿐이었다.

졸업할 즈음에는 운이 좋게 한 공기업의 싱가포르 지점에서 인턴 생활을 할 수 있었다. 꿈에도 그리던 해외 근무의 문이 조금씩 열리는 것 같았다. 싱가포르에서도 나는 직업에 대해 많은 생각을 했다. 싱가포르에서 만난 몇 명의 친구들이 나에게 또 다른 꿈을 꾸게 만들었다. 마치 중국에서 만난 마부처럼 말이다.

그때 만난 친구들은 대부분 계약직으로 근무를 했다. 그런데 계약직 직원인 그들의 마음가짐은 한국의 계약직 직원들과는 달랐다. 그들은 업무에서 실력을 발휘해 제대로 된 보상을 받고, 회사가 마음에 들지 않으면 미련 없이 떠난다고 했다. 상사의 막말을 참고 견디며 회사에서 버티는 한국의 직장인과는 달리 그들은 상사에게 당당했다. 그때 생각했다. 능력 있는 프리랜서가 되고 싶다고.

그토록 원하던 해외 근무였지만 마냥 좋기만 하지는 않았다. 회사에 취업하는 한 해외에서도 같은 직장인이었다. 다만 근무지가 해외라는 것일 뿐. 매일 반복되는 일상과 거기에서 오는 회의감이 들었다. 그래서 싱가포르 근무를 마치고 한국에 돌아올 때는 회사에 취업해 해외에 근무하는 것이 그렇게 큰 매력으로 느껴지지 않았다.

내가 나를 죽이기 전에 퇴사

▲▲ 싱가포르에서의 인턴 생활을 마치고 귀국하자마자 한 회사에 입사했다. 외국어 프로그램을 기획하고, 홍보하는 일을 했는데, 그러다 보니 외국어에 관심 있는 청년들을 자주 만났다. 처음 시작하는 직장에서 해 보고 싶은 것들이 가득했고, 다양한 시도를 했다. 하지만 조직은 나의 생각과는 다르게 굴러 갔다. 새로운 일보다는 '안정'을 추구하는 것이 그곳의 분위기였다. 어떠한 변화도 환영하지 않는 견고한 조직은 지옥 같았다.

입사 후 3개월이 되자 답답해서 참을 수가 없었다. 결국 퇴사를 결정했고 주위에 의사를 이야기했다. 단 한 사람도 퇴사를 지지하는 사람이 없었다. 특히 가족들의 반대가 심했다. 퇴사를 결정하기에는 근무기간이 너무 짧다는 의견도 많았다.

그러나 어떠한 반대도 내 머릿속에 들어오지 않았다. 우선 그곳에서의 생활은 불을 보듯 뻔했다. 이것저것 시도하려는 나는 회사에서 눈총을 받는 직원이 될 것이 뻔했고, 그렇다고 나는 시키는 일만 하는 성향이 아니었다. 어찌어찌하여 버틴다 해도 정년까지 그런 식으로 직장생활을 한다는 것이 끔찍했다. 나의 모든 것을 숨기면서까지 사회에 적응하는 것이 어떤 의미가

노는 게 아니라 기획하는 겁니다

있을까. 월급도 좋지만 하고 싶은 일을 하는 삶이 더 중요했다.

퇴사 결심을 굳히고 상사께 말씀드렸다. 짧은 기간이지만 내가 나름 실적도 쌓았기 때문에 그곳의 직원들이 모두들 놀랐다. 회사에서도 퇴사를 말렸지만 중국에서의 기억들은 나의 결심을 더 확고하게 했다.

생각해 보니 나는 당시 남들이 하는 대로 따라하는 삶을 살다 시행착오를 겪은 것이었다. 남들이 취업하니까 나도 회사에 들어갔고, 그 후에는 조직에 적응하면 될 것이라고 생각했다. 이런 삶이 의미 없다는 말이 아니다. 단지 나를 제대로 모르고 남들 따라 사는 삶이 문제였던 것이다.

나는 작은 일을 하더라도 스스로 기획하고 새로운 시도를 하면서 사는 것이 맞는 인간이다. 내 자신을 모르고 타인의 삶을 추구했으니 스트레스를 받을 수밖에 없었던 것이다.

청년들에게 가장 필요한 것은?

▲▲ 첫 직장에서의 근무기간은 짧았지만 나는 그곳에서 많은 청년들을 만나고 이야기를 나눴었다. 그리고 생각이 더욱 많아졌다. 그 생각들을 정리해 무언가 새로운 일을 시작해보고 싶었다.

한국의 청년들에게 필요한 것은 아무리 생각해도 외국어 점수, 스펙이 아니었다. 가장 중요한 것은 본인이 진짜 무엇을 하면서 살고 싶은지에 대한 고민이었다. 하지만 그것이 현실적으로 어려운 것이 한국 사회다. 그런 고민이 있더라도 공유할 변변한 장이 없었다.

사회는 살아남는 기술만 연마하게 훈련할 뿐 스스로를 돌아보고 질문하는 과정을 '시간 낭비'라고 규정한다. 혼자 이것저

노는 게 아니라 기획하는 겁니다

것 시도하며 시행착오를 겪은 후 본인의 진로를 결정하는 것도 의미가 있지만, 청년들이 자신의 고민을 타인과 공유하며 스스로 돌아보는 시간도 필요하다는 생각이 들었다.

내 경우만 봐도 그렇다. 내가 생각하는 정상에 오르기 위해 생전 처음 공부를 미친 듯이 시작했고, 그래서 산의 정상에 섰다고 생각했다. 하지만 그렇게 오른 산은 내가 원하던 정상이 아니었다.

주변 친구들과 선후배를 봐도 그런 경우가 대다수였다. 무언가를 하고 싶다는 꿈이 딱히 없이, 무엇을 해야 할지 몰라 닥치는 대로 스펙을 쌓아 회사에 들어가는 것이 목표였다. 하고 싶은 것이 있다고 하더라도 돈이 되지 않을 것 같다는 이유로 금방 포기했다. 그래서 대학을 졸업할 즈음에 때아닌 사춘기를 다시 겪는다. 무엇을 해야 할지 몰라 방황하는 청년이 되고 만다.

그럼에도 사회에는 이런 청년들을 위한 창구가 없었다. 본인의 목소리에 귀를 기울일 수 있게 하는 서비스가 없었다. 청년들은 자신의 목소리를 외면한 채 타인의 의견에 맞춰 본인들을 채찍질하고 있었다.

'우깨'의 시작

▲▲ 무어라고 꼬집어 말할 수는 없었지만 나처럼 방황하는 청년들을 위한 일을 하고 싶다는 생각이 들었다. 눈에 보이는 성과에 매몰되어 허비하는 시간이 아닌, 소소한 고민들을 나눌 수 있는 시간이 필요하다고 생각했다. 중요한 것은 우리의 마음을 표현할 수 있는 창구였다.

혼자 고민하던 나는 한 후배를 만나 나의 이런 생각들을 이야기했다. 청년들의 고민을 공유할 수 있는 일을 함께하자는 취지에 고맙게도 후배는 공감을 해 줬다. 그러던 중 또 다른 후배 한 명도 합류해 우리 셋은 팀을 이뤘다.

그때부터 우리는 시간 가는 줄 모르고 회의를 하고 이야기를 나눴다. 후배의 자취방이나 우리 집에서 자기도 하면서 아

이디어 회의를 했다. 다양한 의견들이 오고 갔다. 주제는 언제나 '청년들과 함께할 수 있는 무언가를 찾기'였다.

그러다 보니 우리는 팀의 이름을 정해야 했다. 청년들을 모으고 우리의 취지를 담은 프로그램을 운영하려면 우선 우리의 정체성을 드러내는 그럴듯한 이름이 있어야 했다. 브레인스토밍을 하면서 의견을 주고받다 우리가 모인 취지를 떠올려 봤다. 살면서 우리가 깨닫고 느낀 것들, 하고 싶은 것들을 시도해

노는 게 아니라 기획하는 겁니다

보면서 살면 좋겠다는 의미로 '우리가 깨달은 것들'이라는 이름을 만들었다. 이름이 다소 길어 소개할 때는 '우깨'라고 이야기한다.

이것이 '우깨'의 시작이다. 그런데 '우깨'가 사람들에게 쉽게 와닿지 않는 모양이었다. 잘 웃고 살자는 의미로 '웃게'라는 이름을 붙였냐는 분도 있고, '우깨'라니 깨를 볶거나 만드는 방앗간으로 착각하시는 분들도 있었다. 이름의 의미를 설명하는 데에도 시간이 좀 걸렸다. 그래서 처음에는 이름을 바꿔야 하나 고민을 많이 했지만, 나의 취지를 이보다 더 잘 나타내는 이름은 없다고 생각해 지금까지 고수하고 있다. 이제는 '우깨'가 귀엽고 입에 잘 달라붙는 이름이라는 말을 많이 듣는다.

이름을 정했으니 이제는 청년들과 함께할 구체적인 프로그램이 필요했다. 이번에도 브레인스토밍을 하면서 자유롭게 의견을 나눴다. 청년들과 같이 밥을 먹고 이야기를 나누는 '반상회' 콘셉트의 프로그램을 진행해 보자는 의견, 자취생들을 위한 '셀프 이발' 프로그램을 운영하자는 의견 등, 황당한 생각들이 많았지만 회의하는 것만으로도 너무 즐거운 시간이었다.

노는 게 아니라 기획하는 겁니다

군산 벚꽃 소풍

〰️

▲▲▲ 그럴듯한 프로그램도 좋지만 우리는 먼저 청년들을 모아서 이야기를 해 보자는 계획을 세웠다. 청년 모임을 하려는 처음 의도를 떠올려 보니 우선은 만나서 서로의 고민을 나눠 보는 것이 중요할 것 같았다.

서로 모르는 사람들이 모일 테니 자연스럽게 어울릴 수 있게 하는 것이 관건이었다. 각자의 관심사를 산발적으로 이야기하면 산만해질 수도 있으니 주제를 정하자고 의견을 모았다. 이를 바탕으로 프로그램을 구성했다. 취업, 여행, 스펙 이렇게 세개의 주제를 정했고, 신청자들에게는 이를 미리 알려서 마음에 드는 주제를 골라 오게 하자고 했다.

프로그램의 큰 흐름은 자기소개, 조별 토론, 사진 찍기였다.

그런데 같이 행사를 준비하던 후배가 참가자들에게 뭐라도 주는 것이 좋겠다는 의견을 냈다. 그러려면 기념품 살 돈이 필요한데 그것조차 부담이었다. 그래서 생각해 낸 것이 '애장품 경매'다. 참가자들이 각자 애장품을 가지고 나와 스토리를 소개하고 교환하면 재미있을 것 같았다.

이렇게 어설픈 첫 프로그램이 확정되었고 우리는 홍보를 시작했다. 마침 봄이 다가오는 시기였으니 이에 맞춰 '벚꽃 소풍' 콘셉트로 행사를 알렸다.

'날씨도 좋은데 청춘아 우리 만나서 꽃 보러 가자'

당시 내걸었던 캐치프레이즈다. 군산에 벚꽃을 보러 가는 내용을 적어 전북 소재 3개 대학교의 게시판에 글을 올렸다. 글을 올리고 나니 학생들이 '솔로 대첩'으로 오해하지는 않을까 걱정이 되었다. 남학생들만 신청할 것 같다는 우려도 했다. 대학교 엠티의 경우, 보통 남학생들이 많이 가기 때문이었다. 하지만 14일 만에 18명이 신청을 했다. 예상보다 많은 숫자였다. 성별도 다양했다.

이렇게 우리는 첫 번째 행사의 참가자들을 만나게 되었다. 우선 팀을 만들어 각자 하고 싶은 말과 고민을 자유롭게 공유

노는 게 아니라 기획하는 겁니다

한 살이라도
어린 오늘
사고를 치자.

의미있고
신나는
일을 하면
돈은
따라온다

백 가지의 생각보다
한번의 액션이
우리를 바꾼다.

아이디어는 없어도 되지만
재미가 없으면 안된다.

하도록 분위기를 조성했다. 새로운 사람을 만나고 싶어서 왔다는 학생들이 많았는데, 그래서인지 참가자들은 의외로 허심탄회하게 고민을 이야기했다.

별것 아닌 행사였지만 분위기가 무르익자 친구들은 더욱 가까워졌고 심지어 왜 지금까지 이런 행사가 없었느냐는 말도 나왔다. 행사를 마칠 즈음에는 다음 모임은 언제 진행되느냐는 물음이 나왔고, 1박 2일로 행사를 하자는 의견도 있었다.

고민과 관심사를 공유하며 청년들이 새롭게 연결되는 것이 눈에 보여서 나는 내 나름대로 즐거웠다. 이날 진심으로 기뻐하고 즐거워하는 참가자들을 보면서 더욱 확신이 들었고, 바로 다음 프로그램을 기획했다.

군산 벚꽃 소풍 프로그램

☐ **다가가기**(자기소개, 게임)

○ **가까워지기**(주제를 선택한 후 주제별로 조를 이루어 자유 토론)

△ **포토 콘테스트**(조별 사진 찍기 대회)

애장품 경매(각자 가지고 나온 물건 교환하기)

없애기 캠프

▲▲ 첫 행사인 '군산 벚꽃 소풍'에서 자신감을 얻은 나는 청년들과 본격적으로 소통하고 싶었다. 그래서 만든 프로그램이 '없애기 캠프'다. 휴대폰 없이 소통하는 것이 행사의 목적이었기에 휴대폰 없는 1박 2일 동안의 프로그램을 기획했다.

그러자 숙박을 할 적당한 장소가 필요했다. 모텔을 빌려서 캠프를 진행할 수는 없지 않은가. 부랴부랴 아는 분의 작은 연구소를 빌렸다. 김제의 시골에 있는 장소지만, 조용하고 마당도 있는 주택이니 캠프 분위기와는 맞는 곳이었다.

캠프 기간 동안 함께 먹을 음식도 생각해야 했다. 간단한 반찬과 김치는 집에 있는 것을 활용했다. 아들이 필요하다니 냉장고의 음식을 싸 주시면서도 어머니는 "도대체 모여서 무엇을 하는 거냐"라고 한마디 하셨다.

캠프를 알리는 포스터도 만들었다. 돈이 없어서 파워포인트로 직접 제작했는데, 누가 봐도 수준이 떨어지는 포스터였다. 홍보는 페이스북을 통해 했다. 포스터를 페이스북에 올려 '우깨'의 행사 소식을 전했다. 참가비는 4만 원, 청년들에게는 그렇게 저렴하지 않은 가격이었다. 하지만 생각보다 많은 10명이 신청을 했다.

참가자들을 만나기로 한 곳은 전주 시외버스터미널이었다. 캠프 장소가 있는 김제는 전주 터미널에서 한참 떨어진 곳이어서 행사 당일에는 차가 있는 친구의 도움을 받았다. 그 친구 차와 내 차를 이용해 참가자들을 행사 장소로 데리고 갔다. 터미널에서 만난 후 시골길을 달려야 했기에 처음 만난 분들은 이상한 곳으로 가는구나 싶어 조금 겁이 났다고, 나중에 웃으며 이야기했다.

모두 모인 후 3개 팀으로 나눠 자유롭게 이야기를 하도록 했다. 근처에 산책로가 좋아 걸으면서 이야기하는 코스를 안내했다. 자기소개부터 시작해 각자의 상황, 하고 싶은 일 등을 공유하다 보니 저녁이 되었다. 저녁 메뉴는 바비큐였다. 실외에서

노는 게 아니라 기획하는 겁니다

바비큐 파티를 하면서도 각자의 사는 이야기는 계속되었다.

대부분의 이야기는 비슷했다. 진로, 취업과 관련해 앞으로 어떻게 살아야 할지에 대한 고민이 많았다. 사실 이런 이야기를 우리끼리 한다고 해도 문제가 해결되는 것은 아니지만, 청년들의 고민을 드러내 놓고 공유한다는 것만으로도 위로가 되는 시간이었다. 이런 시간을 통해 '내 인생을 어떻게 살아가야 할까?'라는 근본적인 질문을 성찰하는 것도 필요하다는 것이 내 생각이었다.

소소한 만남이지만 속이 시원하다며 즐거워하는 청년들을 보면서 앞으로 이런 캠프를 활성화할 수 있겠다는 생각이 들었다. 그래서 '없애기 캠프'는 2014년 4월부터 1년간, 총 10회를 진행했다. 횟수를 거듭할수록 부산이나 순천, 천안에서 오는 참가자가 있을 정도로 '없애기 캠프'는 조금씩 소문이 났다.

□ **오리엔테이션**(자기소개)

○ **팀 나누기**(팀은 주제별로 나눴다. 주제는 보통 대학교, 여행, 취업, 백수 등이었다. 주제가 정해지면 이야기하고 싶은 주제를 각자 선택해 거기에 해당하는 팀에 들어가 1박 2일 동안 팀별로 진행했다.)

△ **산책 및 생각 나누기**

◇ **바비큐 파티**

✿ **아침 산책 및 애장품 경매**

어떡해요? 또 크리스마스예요_토크 콘서트

▲▲ 10번의 캠프를 진행하고 나니 조금 더 체계적으로 많은 사람들과 고민들을 나누고 싶었다. 다가오는 크리스마스 분위기를 살리기 위해 12월 23일에 행사를 진행하기로 결심, 우선 100명 규모의 소극장을 덜컥 계약했다. 100명을 모으는 행사는 그동안 해 온 캠프와는 규모가 달랐고, 당연히 더욱 많은 예산이 필요했다. 반면 실제로 가지고 있는 예산은 턱없이 부족했다. 하지만 '우선 저지르고 보면 어떻게든 되겠지'라는 생각에 일을 시작했다.

홍보 포스터부터 제대로 만들고 싶었다. 그래서 처음으로 디자인 회사에 제작을 의뢰했는데 막상 결과물을 보니 예상보다 마음에 들지 않았다. 굉장히 저렴한 가격에 만들어 준 포스

노는 게 아니라 기획하는 겁니다

터라 그냥 넘어갈 수도 있었지만, 늦은 밤까지 업체 디자이너를 '달달 볶아서' 결국 마음에 드는 시안을 받았다.

행사를 진행할 사회자도 필요했다. 백방으로 알아본 결과 광주광역시에서 활동하는 전문MC를 알게 되었고, 광주로 달려가 사회를 부탁했다. 많은 돈을 드리지는 못하는 상황이었지만 고맙게도 흔쾌히 승낙을 받아 내 왠지 모를 자신감이 생겼다.

'없애기 캠프'에서 만난 참가자들의 도움도 많이 받았다. 혼자 홍보를 하기는 힘들겠다는 생각이 들어 캠프에서 만난 참가자를 중심으로 기획단을 꾸렸다. 8명 정도 모여서 함께 행사를 준비할 수 있었다.

이제부터 중요한 것은 참가자 모집이었다. 나는 12,000원짜리 입장티켓을 만들었고, 판매를 하기 위해 전주 곳곳에 포스터를 붙이며 홍보를 하기 시작했다. 페이스북에서도 열심히 활동했다.

보도자료도 만들어 지역 방송국을 무작정 찾아가기도 했다. 그때는 누구에게 어떻게 접근해야 할지 몰라서 방송국 경비실에 문의해 보도자료를 방송작가들에게 전달했다. 운이 좋게도 라디오 방송에서 우리 행사를 소개해 주기도 했다. 지역 신문의 행사란에 '우깨'의 행사도 소개되었다.

우리가 하는 일의 취지가 좋다며 주위 분들에게 열심히 알려 준 고마운 친구들도 있었다. 그 결과 티켓은 놀랍게도 118개나 팔렸다. 118명의 청년들이 콘서트에 오겠다니, 의외의 성과였다. 예상보다 반응이 좋아 '청년들이 고민을 나누는 프로그램에 왜 이렇게 관심을 가질까' 점점 더 궁금해졌다.

행사 당일 소극장은 문전성시를 이뤘다. 소극장 공연장은 청년들로 가득 찼고, 우리는 프로그램을 통해 고민을 나눴다. 상황극, 자유로운 토크, 노래 등 형식은 다양했지만 주제는 하나였다. '청년들의 고민을 공유하고 공감하자.' 이날 자리를 가득 메운 참가자들을 보니 너무 힘들었던 준비 과정이 희열과 뿌듯함으로 바뀌었다. 현장의 열기는 그야말로 뜨거웠다.

콘서트를 마치고 정산을 해 보니 18만 원의 순수익이 남았다. 적은 액수지만 처음으로 낸 이익이었다. 이런 일을 하면서 먹고살고 싶다는 생각과 동시에 자신감이 생겼다. 그래서 이를 바탕으로 청년 문화기획사인 '우깨'로 사업자 등록을 했다. 2014년 12월이었다.

□ **축하공연 1**

○ **보이는 라디오**(TV 프로그램인 '안녕하세요' 콘셉트로 MC와 게스트가 청년들의 사연을 읽어줌.)

△ **토크 콘서트**(요즘 고민하는 것은 무언지, 이루고 싶은 꿈은 무엇인지 관객에게 질문을 하며 자유롭게 이야기함.)

◇ **축하공연 2**(축하공연들은 지역에서 활동하는 버스커 밴드나 아티스트 등을 섭외해 진행.)

‘우깨’가 꿈꾸는 미래

'우깨' 공간 이야기

▲▲ 사업자 등록을 하기 전 나는 여러 카페를 돌아다니면서 청년들과 프로그램을 진행했다. 그러다 보니 카페에서 사용하는 비용만 매달 50~60만 원 정도가 들었다. 부담스러웠다. 함께 어울리기를 원하는 청년은 많은데 편하게 만날 공간이 없는 것이 아쉬웠다. 마침 토크 콘서트 이후 사업자 등록을 하려고 마음을 먹었고 이를 위해서도 공간이 필요했다.

공간은 위치가 가장 고민이었다. 저렴하면서도 청년들이 쉽게 드나들 수 있는 교통이 편한 곳이 필요했다. 3개월 동안 공간을 찾아다녔는데 마음에 들면 가격이 비싸고, 가격이 저렴하면 공간이 별로였다. 결국 전주 영화의 거리에 적당한 곳을 찾았다. 2층이지만 넓고 쾌적해 느낌이 괜찮았다.

막상 계약하려니 월세가 부담이었다. 보증금은 나중에 돌려받는 돈이지만 월세와 공과금으로 드는 80만 원은 적은 돈이 아니었다. 그런데 달리 생각해 보니 내가 하고 싶은 일을 하면서 한 달에 80만 원도 못 번다면 그것은 내 길이 아닐 것이라는 생각이 들었다. 집 앞의 편의점에서 아르바이트를 하더라도 한 달에 100만 원 이상을 벌 수 있을 텐데, 내가 확신하는 길이 80만 원의 가치도 없는 것은 아니라는 생각을 했다. 그러자 용기가 생겼다.

계약 후 인테리어부터 시작했다. 돈이 넉넉하지 않으니 친구를 불러 같이 작업을 했다. '없애기 캠프'에 참가했던 청년들이 밤을 새워 페인트를 칠해 주기도 했다. 겨우 짜장면 한 그릇 사 주면서 청년들의 도움을 많이 받았다. 모두들 솜씨가 서툴기 때문에 일을 더디 하다가 버스를 놓치기도 했다. 그런 날은 찜질방에서 함께 잠을 잤다.

이렇게 지인의 도움을 받으며 돈을 아껴 보려 했지만 공간에 들어가는 비용은 예상보다 많았다. 책상, 의자, 에어컨 등 각종 물품으로 구매해야 하는 것들도 한두 개가 아니었다. 주위 분들에게 물건을 얻어 오기도 하면서 공간을 채워 나갔다. 이렇게 2개월의 공사를 끝내고 2015년 3월에 청년 공간 '우깨 팩토리'를 오픈했다. 카페, 스터디룸과는 다른, 청년들의 공간이 생긴 것이다.

원대한 꿈을 담아 공간을 열었지만 월 80만 원이나 되는 운영비를 마련하는 것은 쉽지 않았다. 월세가 부족해 중국어 과외를 하기도 했다. 아는 분의 소개로 간 행사에서 일일 스태프 아르바이트도 열심히 했다. 공간 운영비를 마련하는 것은 정말 장난이 아니었다. 전공을 살린 중국어 과외가 그나마 초기 자금 마련에 한몫을 했다.

이런 나의 상황을 지켜보신 어머니는 차라리 중국어 학원을 차리라고 하셨다. 내가 사람들 만나는 것을 좋아하니 다양한 사람들에게 중국어를 가르치고 만나면 돈도 벌고 좋아하는 일도 하는 것 아니냐는 의견이었다.

실제로 집 주위에는 아파트 단지가 많은데 중국어 학원이 없었다. 재빨리 학원을 차리면 중국어 시장을 선점할 것 같아서 혹하기도 했다. 하지만 아무리 생각해도 그것은 하고 싶은 일이 아니었다.

그냥 평생 책이나 읽을란다

쇼 미 더 열정페이

▲▲ 공간 오픈식은 행사 형식으로 진행하고 싶었다. 청년 들과 고민을 나누는 공간이라는 '우깨'의 본질을 오픈식 때 알 리고 싶었다. 그래서 기획한 행사가 '쇼 미 더 열정페이'다. 마침 '열정페이' 문제가 사회를 뜨겁게 달구고 있을 때였다.

> 〈 뿔난 '을'들의 스토리 전쟁에 참여할 사람 모집 〉
>
> **우대조건**
>
> - '갑질' 때문에 도저히 못 살겠다는 분들
> - 부조리에 치가 떨리는 분들
> - 내가 생각해도 나는 완전 '을'이라고 생각하는 분들
>
> 여기에 해당하는 분들 환영합니다.

노는 게 아니라 기획하는 겁니다

당시 사용한 홍보 문구다. 이 내용을 페이스북에 올렸고, 열정페이를 강요당한 청년을 찾는다는 내용도 적었다. 그런데 본인의 이야기를 솔직하게 털어놓을 청년을 구하는 것이 쉽지 않았다. 한참을 기다린 후 참가자를 만날 수 있었다. 웹소설 작가로 활동하는 한 청년이 용기를 내 행사에 참석하겠다는 의견을 보내 줬다. 그 작가를 시작으로 연극배우, 텔레마케터로 활동 중인 청년들이 뒤이어 참석 의사를 밝혔다.

작가는 포털에서 꽤 인기 있는 작가임에도 생계가 너무 힘들다고 했다. 인세가 너무 적고, 포털이 없으면 글을 올릴 곳이 없다는 점도 막막하다고 밝혔다. 항상 아르바이트를 하면서 글을 쓰고 있다는 그의 이야기들을 듣는 과정도 쉽지 않았다. 본인이 받은 상처가 너무 깊어 허심탄회하게 이야기를 하려면 서로 친해지는 과정이 필요했다. 인터뷰를 하는 기자처럼 나는 그 분을 여러 번 만나고 술도 마시면서 친해졌다. 그때 나는 타인의 이야기를 끄집어내고 제대로 전달하는 것이 쉽지 않다는 것을 깨달았다.

연극배우는 서른이 될 때까지 단 한 번도 연기로 돈을 벌어본 적이 없다고 했다. 생계는 아르바이트로 유지하고 있었으며 연극은 꿈을 이루어 가는 과정이었다. 이십 대 내내 무대에서 버티고 서른이 되어서야 연극으로 수입을 얻었다니, 그 길도 쉽지 않아 보였다.

텔레마케터도 솔직한 경험담을 들려줬다. 괜히 시비를 거는 진상 고객의 이야기, 감정을 드러내지 말라는 회사의 매뉴얼 등 이제는 많이 알려진 이야기들이지만 안타까운 사연이었다.

세 청년의 이야기는 심각했다. 이야기를 들으며 나는 분노했다. 하지만 행사에서는 이러한 실태를 우울한 분위기가 아닌 유쾌한 분위기로 전달하고 싶었다. 그래서 '쇼 미 더 머니'라는 오디션 프로그램을 벤치마킹해 열정페이 배틀을 하기로 했다.

오픈식인 이번 행사도 페이스북을 적극 활용해 소문을 냈고, 그동안 만난 청년들에게도 알렸다. 25명의 손님들이 와 줬다. 행사가 독특하다며 전주 MBC의 한 프로그램에서도 촬영을 하러 왔고, 그때 취재한 내용은 전북의 소식을 전하는 프로그램에 소개됐다.

행사에서 배틀의 형식으로 풀어놓은 심각한 이야기들은 즐겁게 전달됐다. 공감의 장을 통해 청년들은 본인들의 이야기도 스스럼없이 꺼내 놓으며 서로를 격려했다.

노는 게 아니라 기획하는 겁니다

　오픈식 행사를 마친 후 나는 본격적으로 청년 사업에 대해 생각했다. 사실 그동안은 체계적인 사업 구상을 가지고 시작한 일이 아니었다. 단지 청년들이 문화를 누리는 공간을 오래 유지하고 싶다는 포부만 가득했을 뿐. 그래서인지 그렇게 크게 걱정하는 일도 없었다. 하지만 많은 청년들이 선뜻 한자리에 모인다는 것을 눈으로 확인하니 이 일의 가능성이 보였고, 더욱 제대로 하고 싶다는 욕심도 생겼다.

□ **행사 소개**

○ **열정페이 간증대회**(웹소설 작가, 연극배우, 텔레마케터가 본인들의 경험을 소개함.)

△ **관객 투표를 통한 최고 열정페이 시상식**(연극배우가 1등을 해 협찬받은 마사지 쿠폰을 선물함.)

노는 게 아니라 기획하는 겁니다

생산적 또라이 파티

▲▲ 당시 내 별명은 '또라이'였다. 주위에서는 남들이 하는 대로 살지 않는, 나 같은 사람을 '또라이'라고 불렀다. 사실 세상에는 또라이도 많다. 이런 흐름을 반영해 '또라이가 세상을 바꾼다'라는 기획 의도를 담은 프로그램을 만들었는데 이것이 '생산적 또라이 파티'였다.

그동안 청년들과 함께 일을 하면서 알게 된 것은, 하고 싶은 일을 하면서 살고 싶어 하는 청년이 많다는 사실이었다. 하고 싶은 일을 꿈꾼다는 것은 그만큼 그렇게 살고 있지 못하다는 의미다. 주위를 둘러보니 돈이 되지는 않지만, 주변으로부터 온갖 걱정의 눈초리를 받기 때문에 힘이 들지만, 그래도 굳건하게 자신만의 길을 가고 싶어 하는 소위 '또라이' 청년들이 많았다.

　이런 친구들과 정기적으로 만나 서로의 꿈을 듣고 응원하는 장을 만들고 싶었다. 사회가 정해 놓은 매뉴얼을 거부하는 또라이지만 이들은 타인에게 긍정적인 기운을 불어넣는 청년이라는 생각이 들어 '생산적 또라이'라는 말을 만들었다.

　이번에도 포스터를 만들어 곳곳에 붙이며 홍보했고, 페이스북에도 게시했다. 당시 페이스북의 게시물들이 좋은 반응을 얻어서 신청자는 쉽게 모였다. 파티에서는 '또라이 웅변 대회', '또라이 삼행시 대회' 등 다양한 프로그램을 진행했다. '또라이 어워즈' 코너에서는 다음과 같은 질문을 던져 분위기를 띄우기도 했다.

노는 게 아니라 기획하는 겁니다

〈 또라이 어워즈 질문지 〉

☐ 1. 나는 '생산적 또라이 파티' 포스터를 보자마자 가슴이 뛰면서 '어머! 이건 가야 해'라고 생각했다.

☐ 2. 나는 아직도 현실보다는 이상을 향해 달려가고 싶다.

☐ 3. 하고 싶은 것이 많아도 너무 많다.

☐ 4. 주변에서 다들 내가 뭐하면서 먹고사는지 이해하지 못한다.

☐ 5. 나는 아직도 내가 세상의 중심이고, 내가 세상을 바꿀 수 있다고 굳게 믿는다.

☐ 6. 어떤 일을 하게 되면 머리보다 몸이 먼저 움직인다.

☐ 7. 오늘 처음 만난 이 자리에 있는 사람들에게 왠지 모르게 동료애가 생긴다.

☐ 8. 나는 오늘 밤새워서 달릴 자신 있다.

☐ 9. 다음에도 무조건 이 파티에 혼자 참석 100%다.

참석자는 다양했다. 야간자율학습에서 몰래 빠져나온 고등학생, 대기업을 그만두고 커피 트럭을 운영하며 전국을 일주한 청년, 요리사가 꿈이라며 찾아온 대구의 중학생, 전주 청년의 모임이 궁금하다고 제주도에서 오신 아저씨와 아주머니들, 다양한 사람들을 만나고 싶다는 공무원까지. 또라이 파티는 밤새도록 이어졌다.

첫 번째 또라이 파티를 마치자 이번 행사 역시 여러 번 진행해도 되겠다는 자신감이 생겼다. 그래서 그 후 총 8회의 또라이 파티를 열었다. 매회 약 30명의 청년들이 모였으니 240명 정도의 참가자가 파티에 왔다 갔다.

적지 않은 수의 사람들이 오고 가는 행사이다 보니 음식을 공수하는 것이 쉽지 않았다. 그래서 인근 치킨집과 제휴를 맺어 저렴한 가격에 치킨을 준비했다. 그때 치킨집 사장님께 우리의 취지를 열심히 설명했지만 아무리 설명해도 사장님은 우리가 무엇을 하려는 것인지 잘 모르겠다고 하셨다. 그냥 젊은 친구들이 무언가를 한다니 닭을 싸게 판매하겠다고 말씀했다. 사실 지금도 치킨집 사장님처럼 내가 하는 일을 두고 무엇을 하는지 이해하기 어렵다는 분들이 많다.

ROUND 8
생산적 또라이 파티
2016. 4. 12. Tue. pm8:00

그래도 지역에서는 꾸준히 우리의 청년 모임이 적지 않은 화제를 모았다. 그래서 운이 좋게도 '익산문화재단'의 지원을 받아 행사를 진행하기도 했다. 재단에서 진행한 청년 허브 콘퍼런스에서 2부 행사를 맡아 또라이 파티를 열게 된 것이다. 익산의 한 청년이 운영하는 술집에서 진행했고, 그곳에서도 반응이 좋았다. 그것이 지원금을 받고 프로그램을 기획한 첫 경험이었다.

한편 또라이 파티에서 만난, 나만의 길을 가겠다는 청년들은 나에게도 힘이 되는 존재였다. 이들의 스토리를 보다 많은 사람들에게 알리고 싶었다. 그래서 지역 신문에 '생산적 또라이 100명이면 전북이 바뀐다'라는 칼럼을 매월 쓰기도 했다. 자신만의 길을 개척하며 살아가는 지역 청년들을 인터뷰해 그들의 목소리를 칼럼으로 전달했다.

노는 게 아니라 기획하는 겁니다

☐ 행사 소개 및 랜덤으로 자리 배치

○ 술 마시며 파티 진행

△ 생산적 또라이 어워즈('최고의 생산적 또라이
　 를 찾아라'라는 콘셉트로 준비한 질문을 통해
　 최고 득점자 1명에게 상품 전달.)

◇ 또라이 웅변 대회, 또라이 삼행시 대회 등

한옥마을 과거시험

▲▲ 전주의 한옥마을은 언제나 사람들로 인산인해를 이룬다. 전주의 큰 자산인 이곳에서 눈에 띄는 것은 아쉽게도 먹거리 뿐이라고 평소에 생각했다. 이미 몇 년 전부터 전주 주민들은 이 사실을 아쉬워했고, 나는 전주에서도 다양한 즐길 거리가 필요하다는 생각을 했다. 이는 청년에게도 안타까운 일이었다. 전국 각지에서 많은 청년들이 전주 한옥마을을 찾지만 먹고 구경만 하다 전주를 떠나는 것은 그들에게도 전주에도 좋지 않다고 생각했다.

한복 대여 사업을 하는 한 친구와 이런 문제를 이야기하다 '과거시험'이 떠올랐다. 조선시대 과거시험에 모티브를 얻어 한옥마을에서 행사를 진행해 보면 어떨까. 실제로 시험을 보고, 놀

이도 하면 어떨까. 서로 의견이 일치하자 바로 프로그램을 짰다.

문·무과로 나누어 시험을 보는 콘셉트의 행사가 구성됐다. 과거시험이니 참가자들에게 한복을 입게 하자는 이야기도 나눴다. 청년들이 관심을 가질 만한 내용으로 시험을 구성하기 위해 노력했다.

문과 시험은 전주와 관련된 문제를 만들었고 청년과 관련된 이슈를 활용한 문제도 넣었다.

〈한옥마을 과거시험_문과 문제〉

1. 모든 것을 포기하는 청년들을 나타내는 신조어는? ....

2. 대학생 8대 스펙은? ....

3. 전주시 인구는? ....

4. 전주를 대표하는 꽃과 새는? ....

5. 작년 한옥마을 관광객 수는? ....

6. 한옥마을 과거시험이 진행되는 이곳 향교가 만들어진 시기는?

노는 게 아니라 기획하는 겁니다

이 문제들은 신청자에게 미리 제공하면서 골든벨 형식으로 진행한다는 안내를 했다. 시험공부를 열심히 하고 있다는 댓글을 페이스북에 남기는 신청자도 있었다.

무과 시험은 고무신 멀리 차기, 토익 책 멀리 던지기, 자소서로 딱지치기, 알까기, 활쏘기 등으로 구성했다. 장원 급제한 청년에게는 상금 10만 원을 줬다.

행사는 전주 한옥마을 향교에서 진행했다. 향교 관계자를 친구가 섭외해 그곳에서 '과거시험'을 준비할 수 있었다. 행사에 참석한 20명이 입을 한복도 그 친구를 통해 준비했다. 한복을 입고 행사를 진행하니 참가자들이 무척 재미있어했다. 구경을 하는 사람도 많았고, 전주시 블로그 기자가 취재를 오기도 했다. 지나가던 분들에게 무슨 행사를 하는 것이냐는 질문도 많이 받았다.

한옥마을 과거시험 프로그램

□ 문·무과 시험 진행

○ 문과: 전주 및 청년 관련 퀴즈(골든벨 형식)

△ 무과: 고무신 멀리 차기, 알까기, 활쏘기, 토익 책 멀리 던지기, 자소서 딱지치기 등

우승자에게는 상금 10만 원 수여

노는 게 아니라 기획하는 겁니다

인문독서예술캠프

▲▲ 청년들과 진행하는 행사의 횟수가 쌓일수록 그만큼 주위에서 많은 조언도 들려왔다. 그중 국가의 공모사업에 응모해 보라는 의견이 있었다. '우깨'와 성격이 맞는 사업이 있다면 지원금을 받아 프로그램을 진행하는 것도 좋겠다는 생각이 들었다.

그러던 중 문화체육관광부가 주관하고 한국출판문화산업진흥원이 주최하는 '인문독서예술캠프'를 알게 되었다. 청년들의 미래와 인생을 설계하는 계기를 마련한다는 취지의 행사로, 독서를 테마로 인문·예술 관련 프로그램을 진행하는 캠프였다.

나는 캠프를 진행할 시행사를 지역별로 모집한다는 한국출판문화산업진흥원의 공지를 보고 가슴이 두근거렸다. 그동안은 적은 금액의 행사만 진행했는데 '인문독서예술캠프'는 무려

9천만 원짜리 규모의 사업이었다. '우깨'에서 쌓은 경험을 살려 도전해 보고 싶었다.

먼저 준비할 것은 사업 신청서. 서류에 회사를 소개하는 부분이 있었다. 캠프의 사업금은 '우깨' 1년 운영금의 3배나 되는 규모였다. 이 사실을 떠올리자 자신감이 없어졌다. 신생 사업체에는 가능성이 없어 보였다. 나만의 전략이 필요했다.

한국출판문화산업진흥원 입장에서 생각해 보면 행사의 흥행이 중요할 것 같았다. 즉 참가자가 많아야 한다는 것. 그래서

노는 게 아니라 기획하는 겁니다

나는 '우깨가 이 사업을 진행한다면 무조건 캠프에 참여하겠다'라는 전주 청년들의 서명을 받기 시작했다. 주위의 지인들에게 부탁하고 소개를 받으며 얼굴에 철판을 깔고 서명을 부탁했다. 그 결과 총 200여 명의 서명을 받았다. 이 서명을 사업 신청서 서류 접수할 때 첨부해 제출했다.

기획안을 만드는 것도 쉬운 작업이 아니었다. 친구 2명과 함께 팀을 이뤄 준비했다. 그런데 막상 기획안을 작성하다 보니 그 일이 보통 힘든 것이 아니었다. 그래서인지 친구들은 점점 말이 없어졌다. 캠프를 운영하게 되면 진행할 프로그램 기획, 청년들이 좋아할 만한 프로그램 시장 조사, 다른 문화행사 벤치마킹 등 우리가 하나라도 놓치는 부분이 있지는 않을까 싶어 취재하고 알아보면서 기획안을 만들어 갔다.

기획안에는 우리도 청년이라는 점을 어필하면서, 지금까지 청년을 위한 일만 했다는 내용을 서술했다. 사실 청년은 청년이 제일 잘 이해하지 않는가. 그때는 정말 혼신의 힘을 다해 서류 작성을 완료했다. 서류를 접수하고 나서는 기도하는 날을 보냈다.

며칠 후 서류에 합격했다는 소식을 들었다. 다음 관문은 PT

발표였다. 사실 서류 전형은 자신이 없었지만 발표에는 자신이 있었다. '우깨'의 이야기를 제대로 전달할 자신이 있었고, 우리 팀의 구성원이 청년대상사업에 가장 적합할 것이라는 확신도 있었기 때문이다.

면접을 보러 세종시로 갔는데 역시 내가 가장 젊었다. 신생 회사인 '우깨'가 최종 면접에 올라간 이유는 우리를 직접 보고 싶은 면접관들이 있기 때문이라는 생각을 했다. 그래서 면접관

노는 게 아니라 기획하는 겁니다

들의 호기심을 만족시킬 만한 내용을 준비했다.

면접에서 내가 이야기할 수 있는 시간은 5분이었다. 연습한 멘트를 차분하게 설명했다. 내가 '우깨'를 설립한 이유, 그동안 청년들과 함께한 행사의 취지와 내용 소개, 내가 생각하는 청년의 미래 등을 이야기했다. 마지막으로 나는 전주 청년 200명에게 받은 서명을 직접 보여 주고 현지 청년들의 기대를 전달하며 발언을 마무리했다. 그 순간 면접관들이 모두 놀라는 눈치였다. 사실 반응이 좋아 속으로 '됐다' 싶었다.

면접관의 질문들도 이어졌다. 그 가운데 한 가지 질문이 기억에 오래 남는다.

"우리가 깨달은 것들이라는 의미로 회사의 이름을 '우깨'라고 지었다고 했는데, 도대체 깨달은 것이 뭔가요?"

나는 "하고 싶은 것들을 하면서 살아야 청년들이 행복해질 수 있다는 것을 깨달았고, 그것을 많은 청년들과 해내기 위해 노력하고 있습니다"라고 대답했다.

며칠 후 결과가 나왔다. 전주에서 '우깨'가 '인문독서예술캠프'를 진행하는 사업체로 선정된 것이다. 우깨의 첫 프로그램인 '없애기 캠프'를 시작할 때, 언젠가는 청년들을 위한 대규모 캠프를 우리가 맡아 진행하게 되리라고 막연하게 믿었는데 현실이 되니 감회가 새로웠다.

캠프는 총 2회, 2박 3일간 진행됐다. 회별 참가 인원은 100명, 총 200명의 참가자를 모아야 했다. 페이스북과 전북의 대학교 게시판에 캠프를 홍보하며 참가자를 모집했다. 참가하겠다고 서명해 준 분들을 포함해 무려 300명에 가까운 청년들이 신청을 해 줬다. 아쉽게도 선착순으로 마감을 해야 했다.

캠프의 프로그램도 다듬어야 했다. 진행할 프로그램은 이미 구성해 서류를 접수할 때 제출했고 면접을 볼 때 이야기 나눈

것이었다. 크게는 '자신을 알고 표현하자'는 취지로 프로그램을 구성했다.

청년들을 만나 보면 막상 자신에 대해 모르겠다는 말을 많이들 한다. 그래서 나를 제대로 파악하자는 취지로 '심리·고민 상담소'를 기획했다. 그리스인 조르바, 빨간 머리 앤 등 소설 속 주인공으로 알아보는 성격 유형이라는 콘셉트로 구성한 프로그램이었다.

한국화, 캘리그래피, 사진 등으로 자신을 표현하는 프로그램도 만들었다. 여기에 전주를 탐색하며 사색하는 공간에서 참가자들이 소통할 수 있게 했다. 지역 멘토와의 만남도 진행해 다양한 삶의 이야기를 들을 수 있게 했다. 이런 과정이 자신의 꿈을 제대로 파악하는 방법이라고 생각해 구성한 프로그램들이다.

캠프의 진행은 당연히 고됐다. 출판문화산업진흥원의 서류와 면접을 준비할 때와는 차원이 다른 힘든 과정이었다. 하지만 또한 차원이 다른 보람을 느꼈다. 행사는 무사히 마무리되었고 인문, 독서, 예술을 테마로 전북의 청년들이 각자의 이야기를 공유한 시간은 나에게도 영감을 줬다.

'인문독서예술캠프'는 전국 10개 업체가 시행한 사업이었다. 나는 운이 좋게도 이 중에서 가장 우수한 성적을 거두었다. '우깨'는 최우수 시행기관으로 선정됐고 다른 사업자들 앞에서 사례 발표도 하게 되었다. 다음 해에도 '우깨'는 '인문독서예술캠프'를 진행, 2년 연속 '인문독서예술캠프'라는 대규모 프로그램을 통해 전주의 청년들과 함께했다.

☐ **심리·고민 상담소:** 소설 속 주인공(조르바, 앤 등)으로 알아보는 성격 유형

○ **예술로 하는 자기표현:** 한국화, 캘리그래피, 사진

△ **지역 멘토와의 만남:** 사회적 기업가, 영화감독, 인문학자 강연 듣기

고민 토크 콘서트, 나만의 사색 공간 찾기, 문화예술 투어 등

시골 중학교 강의 그리고 '문화기획 스쿨'

▲▲ 여러 행사들을 진행하다 보니 어느새 나는 지역에서 조금씩 알려지고 있었다. 나의 창업 스토리에 관심을 가져 주는 분들이 하나둘 늘었고 라디오나 TV 뉴스에도 소개되었다. 한 라디오 프로그램에는 고정 패널로 출연해 청년 관련 이슈들을 소개하기도 했다.

그러다 보니 문화를 테마로 강의도 많이 하게 되었다. 주로 지역 대학교, 교육회관, 문화재단 등에서 나의 이야기를 소개했다. 회사는 어떻게 운영하고 있는지, 힘든 점은 무언지, 프로젝트를 진행하면서 좋았던 점과 배울 점, 아이디어를 내는 방식 등을 이야기한다.

강의를 할 때 가장 즐거웠던 곳 중에 하나는 시골에 있는 중

노는 게 아니라 기획하는 겁니다

학교였다. 익산의 한 중학교로 진로 특강을 하러 간 적이 있는데, 자동차로 1시간을 가도 학교가 나타나지 않았다. 도착할 때 이정표를 보니 충남 지역을 알리는 글자가 눈에 들어왔다. 충남에서 가까운 익산의 학교였던 것이다.

도착해 보니 전교생이 23명인 작은 학교였다. 나는 그중 1학년 학생들을 만났다. 총 8명인 1학년 아이들은 놀라울 정도로 순수했다. 그리고 나를 정말 좋아해 주었다. 내가 농담을 많이 하고, 내 말이 재미있어서 '리액션'이 좋은가 싶었는데, 나처럼 젊은 청년을 만나 본 적이 없어서 그렇다고 했다. 마을에는 거의 어르신들만 있어서 청년을 만나기가 힘들다는 말에 충격을 받았다.

더욱 충격적이었던 것은 그 학생들이 할 수 있는 유일한 문화생활이 스마트폰이라는 것. 여가 시간에는 스마트폰으로 게임을 하거나 동영상을 보는 것이 전부였다. 제대로 된 영화관에 가 본 적도 없다고 해서 적잖이 놀랐다.

나는 내가 해 온 일들을 사진을 보여 주며 소개했다. 프로그램을 하나하나 소개할 때마다 아이들이 흥미롭게 듣고 좋아했다. 이 친구들에게는 나 같은 청년이 다양한 삶의 방식을 이야기해 주는 것이 중요할 것 같았다.

그 후 시골 지역의 학생들이 다양한 문화를 접하고 직접 문화 콘텐츠를 만들어 보는 프로그램을 운영하고 싶다는 생각을 했다. 규모와 상관없이 본인들이 만들고 싶은 문화를 기획하고 시도하는 것을 돕고 싶었다.

당시 문화행사를 진행하면서 만난 많은 청년들 중 자신만의 색깔과 메시지를 담아 문화 프로그램을 진행해 보고 싶다는 친구들도 늘고 있었다. 전북뿐 아니라 전국 각지에서도 문화행사를 해 보고 싶다는 분들이 사무실을 찾아왔다. 상황이 이렇게 되자 이제는 그동안 진행한 행사의 내용들을 정리해 '문화기획 스쿨'을 시작해도 되겠다는 생각을 했다. 그래서 시골에서 만났던 중학생부터 성인까지, 문화를 만들고 싶은 분들에게 실질적인 도움을 줄 수 있는 커리큘럼을 구성했다.

이 프로그램에도 많은 사람들이 모였다. 대학교 엠티를 새롭게 구성하고 싶다는 학생, 인권 캠페인을 제대로 하고 싶다는 분, 독특한 파티를 기획해 보고 싶다는 분 등 자신만의 콘텐츠와 문화행사를 꿈꾸는 청년들이 찾아왔다.

그때 만든 것이 6회 과정의 문화기획 수업이었고 그렇게 '문

화기획 스쿨'을 시작했다. 문화와 기획이란 무엇인가, 다른 지역 사례 살펴보기 등의 내용으로 강의를 했고 다른 지역 청년 문화 기획자를 초청해 이야기를 들어 봤다. 직접 기획안을 작성하는 실습도 했다. 인문독서예술캠프 참가자가 찾아오기도 했고, SNS를 통해 알게 된 분들도 왔다. 대부분 문화 프로그램을 어떻게 만들고, 관련 사업은 어떻게 하는지 궁금해서 오는 초심자들이었다.

'문화기획 스쿨'은 '우깨'에서 6회 진행했다. 작년에는 한 대학교에서 강의를 4회 진행했다. 그때 만난 대학생들이 '우깨'에서 1개월간 실습을 하기도 했다. 학생들은 배운 것을 토대로 '자서전 만들기' 프로그램을 짜서 행사를 진행하기도 했다.

지금은 '누구나 문화생산 주체가 될 수 있다는 생각을 하자'는 것이 나의 주장이다. 중학생은 중학생의 문화로, 대학생은 대학생의 문화로, 직장인은 직장인의 문화로, 백수는 백수의 문화로 다양한 문화들이 사회에 만들어지면 나름의 행복한 삶을 누릴 수 있지 않을까.

노는 게 아니라 기획하는 겁니다

문화 기획 스쿨
프로그램

□ 6회 과정의 문화기획 수업 진행

○ 문화와 기획이란 무엇인가

△ 다른 지역 사례 살펴보기

◇ 다른 지역의 청년 문화 기획자 초청

✚ 기획안 작성

◇ 기획안 콘테스트

전주시 수어문화제

▲▲ 다양한 프로젝트 준비로 한창 바쁠 때 전주시 수어통역센터에서 전화가 왔다. 수어문화제를 앞두고 도움이 필요하다는 센터 국장님의 전화였다. 국장님은 우깨에서 일했던 한 친구의 어머님이다. 평소 농인들을 위해 헌신하는 모습을 보고 존경하는 분이었기에 미팅 일정을 잡고 뵙기로 했다.

　미팅에는 많은 농인들이 참석했다. 그분들 사이에 참석해 회의를 한 경험은 처음에는 낯설고 당황스러웠다. 수화를 못하는 나는 다른 분들의 도움을 받아 수월하게 의사소통을 할 수 있었다. 평소 문화생활을 제대로 할 기회가 현실적으로 거의 없는 농인들에게 수어문화제는 무척 뜻깊은 커다란 행사라고 했다. 그런 배경을 듣고 부담이 되기도 했지만 행사를 맡아 잘 해

내고 싶다는 생각이 들었다.

그때부터 전국의 수어문화제를 찾아봤다. 경연대회, 연극 등으로 구성된 프로그램이 대부분이었다. 전주에서만큼은 조금 다른 시도를 하고 싶었다. 아이디어를 얻기 위해 서울시 수어문화제도 가 봤지만 뾰족한 답은 나오지 않았다. 농인이 불편하지 않게 참여할 수 있는 콘텐츠를 개발하는 것은 쉬운 일이 아니었다. 청각장애인의 힘겨운 일상을 생각하며 프로그램을 고민했고 회의를 거듭했다.

수어문화제에서 농인들과 청인들이 함께 어울리는 요소가 필요했다. 그래서 나는 촉각에 집중했고, 함께 참여할 수 있는 조형물을 제작했다. 장롱처럼 생긴 조형물이었는데 앞면을 유리로 제작해 내부가 보이게 했다. 행사에 온 방문객은 준비된 공에 이름을 적어 그 안에 넣게 했다. 수어문화제에서 조형물이 등장한 것은 처음이었다.

리마인드 결혼식도 농인들에게 반응이 좋았다. 결혼식을 제대로 하지 못하고 사는 농인들이 있다는 이야기를 듣고 구성한 프로그램이 리마인드 결혼식이었다. 결혼식을 희망하는 분들의 신청을 수어문화제 행사 전에 받았고, 3쌍의 부부가 문화

노는 게 아니라 기획하는 겁니다

제에서 결혼식을 올렸다. 약 50명의 자원봉사자와 플래시몹도 진행했는데 농인과 청인이 어울리는 즐거운 시간이었다.

단 하루의 행사였지만 수어문화제는 문화기획자인 나에게 영감을 줬다. 문화제를 준비하면서 나는 또 다른 문화를 기획하고 싶어졌다. 수어문화제를 통해 장애인을 위한 문화 프로그램이 턱없이 부족하다는 것을 알게 되었고, 앞으로는 이분들을 위한 프로그램도 만들고 싶어졌다. 다른 분야에 시선과 관심이 생긴 것이다. 시간이 좀 걸리겠지만 장애인들이 직접 축제를 기획하고 만들 수 있게 돕는 기회를 만들어 보고 싶다.

전주시 수어문화제 프로그램

□ **수어플래시몹**

○ **수어경연대회**

△ **문화예술 체험부스**(향주머니, 캘리그래피, 드로잉, 한국화 등)

◇ **농아인 리마인드 웨딩**

노는 게 아니라 기획하는 겁니다

이런 것도 사업입니다

▲▲ 여전히 많은 사람들은 나에게 어떻게 돈을 버느냐는 질문을 한다. 문화를 만드는 기획사라는 것이 생소한 분야이기 때문에 내가 하는 일에 대해 그런 사업도 있느냐는 반응이 대부분이다. 그래서 우깨를 소개할 때 내가 가장 많이 하는 말은 "이런 것도 사업입니다"이다.

나는 예상보다 반응이 좋았던 '토크 콘서트'를 기점으로 확신을 가졌다. 청년 문화 사업이 충분히 가치가 있으며, 필요한 분야라는 신념이 생겼다. 내가 기획한 장소에서 사람들의 생각들이 오고 가는 것은 큰 매력이었다. 그래서 바로 사업자 등록을 한 것이었다. 당시 나는 '비즈니스 모델'도 생각하지 않고 덜컥 일을 시작했다.

woojoo　woody

노는 게 아니라 기획하는 겁니다

단지 두 가지 강력한 열망은 있었다. 첫째, 즐거운 이 일로 아주 잘 먹고살겠다. 둘째, 시간이 지나면 다양한 프로그램을 만들어 달라는 의뢰가 들어올 것이다. 감사하게도 이제는 문화 프로그램이 필요하다는 분들의 의뢰를 적지 않게 받으며 즐겁게 일하고 있다. 사실 여전히 우깨의 사업을 정확히 소개하는 것이 쉽지 않지만 앞으로 내가 하는 사업에 대한 개념이 더욱 알려지리라 믿는다.

청년들은 인생의 목표를 놓고 '하고 싶은 일'과 '해야 하는 일' 사이에서 방황한다. 기성의 개념 안에 있는 직업들을 떠올리면 청년들은 '하고 싶은 일'을 못 할 확률이 높다. 많은 청년들을 만나면서 이야기를 해 보면 그들은 본인이 좋아하는 일을 하면서 먹고살기를 희망한다. 돈을 적게 벌더라도 자신만의 시간을 가지고 개성을 드러내는 삶을 꿈꾸는 청년도 많다. 나역시 그런 청년 중 한 명이다. 그래서 최근에는 작지만 공고한 우리의 시장을 만들기 위해 준비하고 있다.

다양한 분야에서 반짝이는 색깔을 내는 청년들을 통합하고 힘을 실어 주는 단체가 없다는 것이 항상 아쉬웠다. 나와 같은 청년들과 재단법인을 만드는 것이 새로운 목표다. 이쪽 분야에 관심있는 친구들이 좋은 조건에서 하고 싶은 것들을 시도할 수 있도록 지원해 주고 싶다. 느리지만 꾸준히 하고 싶은 일을 하고, 청년들의 꿈을 알린다면 꿈을 좇으면서도 잘 먹고사는 행복한 사람들이 많아질 거라고 믿는다.

노는 게 아니라 기획하는 겁니다

전주시 청년 공간 1호점, 비빌

▲▲ 청년들의 주거와 일자리 문제 등은 한국의 사회 문제 중 하나다. 특히 지방은 청년 문제가 심각하다. 청년 인구 유출이 가장 큰 문제인데 이를 단순히 일자리 문제만으로 보아서는 해결책을 세울 수 없다. 청년들이 지역을 떠나는 진짜 이유가 무언지 그들의 삶을 전반적으로 살펴보고 대책을 세워야 한다. 하지만 국가나 지자체의 대책은 언제나 눈에 보이는 무언가를 만들어 놓는 데에 그친다.

전주시의 경우도 청년 문제를 해결한다는 이유로 '청년 센터'를 세우기 위해 많은 예산을 사용한다는 계획이 있었다. 하지만 나는 건물에 돈을 들이기보다는 청년들의 활동이나 모임에 예산을 지원해 주는 것이 낫다는 생각이었다.

물론 '청년 센터'는 반드시 필요하다. 그렇지만 나는 청년들에게 무언가 눈에 보이는 결과를 요구하는 공간 조성에는 반대한다. 청년들을 지원하는 공간은 대부분 창업이나 교육을 대가로 활동을 해야 한다는 조건이 있다. 이런 목적으로 운영되는 공간에 가는 청년들은 대부분 본인이 무엇을 좋아하는지 제대로 파악하지 못한 채 창업을 하고 안타깝게도 실패한다. 이런 경우 지원보다는 청년들이 자신을 파악하게 하는 것이 먼저일 것이다. 그들이 스스로 하고 싶은 것을 찾고 자신만의 길을 갈 수 있도록 돕는 심적·물적 지원이 필요하다.

그동안 여러 지자체에서 청년을 위한 공간을 만들었지만 사실 청년들은 그곳들을 많이 찾지 않았다. 청년들에게는 화려한 공간보다는 마음을 나누고, 하고 싶은 것을 시도하는 공간이 필요하다. 소통하는 공간이 필요한 것이다. 이런 것들이 실현 가능한 '청년 센터'가 만들어졌으면 한다.

마침 전주시 '청년 센터' 이슈가 불거질 때 청년 관련 지자체 모임에 참석할 기회가 있었다. 당시 뜻이 같은 지역의 청년들과 힘을 합해 차라리 기존의 공간을 활용하자는 의견을 냈다. 그러자 활동을 왕성하게 하고 있는 청년들에게 지원을 하자는

분위기가 조성됐고, 운이 좋게도 우깨와 전주시가 제휴를 맺게 되었다.

　우깨는 이전부터 청년들에게 유료로 대관 사업도 하고 있었다. 이는 회사를 유지하는 데에도 중요한 수익이었다. 그런데 전주시와 협약을 맺으면서부터는 전주시 청년에게는 무료로 공간을 사용할 수 있도록 지원을 받고 있다. 이렇게 해서 열린 공간이 '비빌'이다. 청년들에게 비빌 언덕이 되어 준다는 의미를 담은 장소다.

이곳은 청년들이 그야말로 내 집처럼 자유롭게 이용할 수 있는 곳이다. 우깨에 아무도 없어도 편하게 문을 열고 들어와 모임을 하도록 비밀번호를 공개하고 있다. 사용 후 설거지, 책상 정리 등도 사용자들이 알아서 하고 간다. 때로는 난방기나 불을 켜 놓고 가는 분들이 있지만 그래도 대부분의 사람들은 깔끔하게 뒷정리를 하며 공간에 신경을 써 준다.

현재는 공부모임과 행사, 독서모임, 영화모임 등 다양한 형태의 모임들이 진행되고 있으며 월 평균 800여 명의 청년들이 이곳에 드나들고 있다. 요즘에는 서울, 부산, 대구 등 다양한 지역에서 공간을 방문하러 오는 분들도 늘고 있다.

이 여세를 몰아 전주 곳곳에 테마에 맞는 '청년 공간 비빌'을 만드는 것이 목표다. 이제는 2호점이 전북대 카페에 생겼고 도청 앞 공유공간에는 3호점이 생겨 창업자를 위한 코워킹 스페이스로 청년들을 만나고 있다.

노는 게 아니라 기획하는 겁니다

읽고, 마시고, 머무르다

▲▲ 우깨의 공간에는 많은 청년들이 왔다 간다. 그런데 언젠가부터 모임이나 프로그램에 참여하는 청년들만 오는 분위기였다. 용건이 없더라도 누구나 편하게 들르는 공간으로 만들기 위한 아이디어가 필요했다. 이때 떠오른 것이 책방이었다. 책방이라면 다양한 세대가 교류할 수 있는 장소가 될 수 있으리라 예상했다.

요즘 동네 서점이 많으니 차별화된 판매 전략을 찾고 싶었다. 그래서 생각해 낸 것이 한 달에 두 종류의 책만 판매하는 것. 여행, 독서, 반려동물 등 매달 테마를 바꿔 서점 직원('책방요정'이라고 부르고 있다.)이 두 종류의 책을 선별한다. 그렇게 고른 두 종류의 책은 '이 달의 도서'가 되어 손님들을 만난다.

노는 게 아니라 기획하는 겁니다

그래서 책방 이름은 '두권책방'이 되었다.

보통 작은 책방에 가면 책을 꼭 사야만 할 것 같은 미안한 마음이 들 때가 있다. '두권책방' 손님들도 혹시 그럴까 봐 무인으로 운영한다. 책을 사지 않더라도, 편하게 쉬었다 가는 공간으로 어필하고 싶다. 실제로 전주국제영화제 때는 영화를 관람하다 빈 시간이 생길 때 책방에 와서 쉼터처럼 이용하는 분들도 있었다. 그 결과 책방을 열면서부터는 어린이부터 어르신까지 방문하는 세대가 다양해져 뿌듯하다.

책방 역시 처음 시작할 때 나는 걱정의 소리를 많이 들었다. 책방 아이디어를 주변에 물었을 때 말리는 분들이 대다수였다. 특히 무인서점이라는 콘셉트 때문에 "도둑이 들면 어떻게 하느냐", "분명히 물건이 망가질 것이다", "CCTV를 꼭 설치해야 한다"라는 말들을 들었다.

나는 무언가를 시작할 때 항상 주위의 반대에 부딪혀 왔다. 하지만 나를 말리는 목소리가 많을수록 대부분 성과가 괜찮았기에 이번에도 주위의 우려에 흔들리지 않았다. 무인

2booksTore

서점의 경우 사람을 못 믿으면서 어떻게 사람을 위한 공간을 운영할 수 있겠느냐는 생각이 들었다. 지금까지는 이런 의도에 맞게 손님들이 편하게 다녀갈 수 있어 좋다는 피드백을 해주신다.

책방 주인의 입장에서도 이런 형태는 재미있다. 내가 주로 업무를 보는 사무실은 밖에서 잘 눈에 띄지 않는 곳에 있어서 사실상 책방에 누가 오는지 모른다. 서로 움직이는 소리에 각자의 존재만 확인하고 자신만의 시간을 가진다.

이렇게 대부분 손님과 마주칠 일이 없는데도 서점에 신경을 쓰는 날과 조금 덜 신경 쓰는 날의 방문객 숫자가 차이가 난다. 정직한 결과가 나온다고 할까. 다른 업무로 바빠서 조금만 신경을 못 쓰는 날이면 손님들의 방문이 거의 없다. 언뜻 보기에는 별로 달라진 것이 없는데도 서점에 기울이는 마음만큼 손님이 오는 것이다. 노력의 기운이 1층 입구에서부터 느껴지는 모양이다. 참 신기한 일이다.

서점이 아직은 초창기지만 갈수록 손님이 늘어 가는 즐거움에 우리 직원들은 서점 운영에 한창 열을 올리고 있다. 다만 방문객이 많아지는 만큼 책 판매가 많아지는 것은 아니라는 점

노는 게 아니라 기획하는 겁니다

이 아쉽다. 역시 책을 판매하는 일은 쉽지 않은 일이다.

판매를 위해 자리에 따라 다른 책을 진열해 보기도 했다. 햇볕이 내리쬐는 자리에는 자연 관련 책을, 커피를 뽑아 먹을 수 있는 테이블에는 커피 관련 책을 놓아 보기도 했다. 책방 운영에 대해 궁금한 분들과 토요일마다 만나는 시간도 가지고 있다. 이런 날은 직접 커피를 내려 드리면서 소통하는 자리를 마련하고 있다.

계절과 시간, 사회적 이슈에 맞는 특별 기획전도 연다. 진행하는 프로그램도 더욱 다양해졌다. 강원국·최갑수 작가 등과 함께하는 행사들도 열었다. 전문 작가와 독자가 만나는 행사를 지속적으로 진행하고 있다. 앞으로는 책 배달 서비스도 오픈해 책을 통한 소통을 이어 갈 예정이다.

얼마 전 '두권책방'은 2호점을 오픈했다. 전북 김제시에 자리 잡은 2호점은 글을 못 읽으시는 어르신을 위해 책을 녹음해 들려 드리는 서비스를 제공할 것이다. 마을의 숙박시설과도 연계한 북스테이도 마련할 계획이다. 전국에 '두권책방'을 늘려서 100호점까지 만들고 싶다. 누구나 쉽게 방문하고 어울리는 편한 '두권책방'이 곳곳에 많아졌으면 하는 바람이다.

노는 게 아니라 기획하는 겁니다

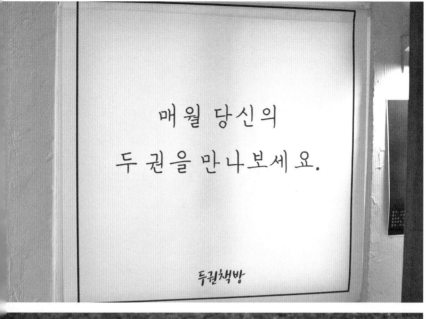

매월 당신의
두 권을 만나보세요.

두권책방

동네북콘서트

▲▲ 책방 주인이라면 누구나 이곳에서 다양한 문화가 숨쉬길 바랄 것이다. 나 역시 우리 책방이 동네, 지역의 문화공간이자 교류의 장이 되면 좋겠다는 생각을 했다. 그래서 요즘에는 독서모임, 필사모임 등의 커뮤니티를 만들고 있다. 이와 함께 시민을 위한 행사를 고민하다 떠오른 것이 북콘서트이다. 지역에 크고 작은 저자 강연회는 있었지만 찾아보니 눈에 띄는 북콘서트는 없었다. 주로 도서관이나, 교육센터와 같은 공공기관에서 진행되는 것이 전부였다.

사실 북콘서트를 책방 예산으로 진행하기는 부담스럽다. 음악을 담당할 아티스트도 불러야 하고, 저자도 초청해야 하니 예산이 두 배로 든다. 하지만 '두권책방'이 있는 전주의 도심에서 북콘서트가 진행되면 의미가 있다는 생각이 들었다. 우선 책방 동네의 새로운 문화프로그램이 되기를 희망한다는 뜻을 담아 콘서트 이름을 '동네북콘서트'라고 지었다.

여기까지 결정을 하고 콘서트를 함께 할 파트너를 찾았다. 먼저 전주의 동네서점들을 찾아갔다. 함께 기획한 후 예산은 분담하고 이익은 나누자고 제안했다. '두권책방'을 시작으로 책방마다 돌아가면서 북콘서트를 정기적으로 열어보자는 제안도 곁들였다. 책방 홍보도 되고 책방 주인들끼리 네트워크도 형성할 수 있다고 생각했기에 모두가 반길 줄 알았다. 하지만 나의 착각이었다. 대부분의 책방 주인들은 함께 문화행사를 진행하는 것을 부담스러워했다.

알고 보니 나의 제안은 책방들의 형편을 제대로 헤아리지 못해 비롯된 실수였다. 북콘서트를 진행하려면 최소 50명 정도는 들어갈 수 있는 공간이 있어야 하는데 대부분의 책방은 그렇게 많은 사람을 수용할 만한 크기가 아니었다. 동네서점 특성상 대부분 공간이 작았으니 행사를 진행할 공간으로는 적당하지 않았다. '두권책방'의 공간만 생각한 이기적인 생각에서 실수를 저지른 것이다. 그래도 다행히 남부시장 청년몰에 있는 '책방토

닥'이 함께 콘서트에 합류했다. 나에게는 큰 힘이 되었다.

다음 순서는 작가 섭외. 어떤 작가님이 좋을까 고민하다가 2030세대의 관심사인 '여행'에 대해 이야기를 하는 것이 적절하다고 생각했다. 그래서 여행 작가를 검색했는데, 아내가 평소에 나에게 읽어보라며 권했던 여행 책이 생각났다. 『우리는 사랑 아니면 여행이겠지』라는 여행 에세이였다. 책을 읽어보니 내용이 정말 좋았고 작가님을 책방에 꼭 모시고 싶다는 생각이 들었다.

저자인 최갑수 작가님께 연락할 방법이 없어 SNS를 검색해 메시지를 보냈다. 며칠이 지나도 답장이 없었다. '작은 동네서점에는 관심이 없으신가보다'라고 생각하며 다른 작가님을 검색하던 중 뜻밖의 전화를 받았다. 작가님은 당시 해외여행 중이라서 답장을 바로 하지 못했다고 하시면서 우리 취지를 듣더니 선뜻 오시겠다고 했다. 참으로 감사했다.

작가를 결정한 후 공연을 담당할 아티스트를 알아봤다. 당시 북콘서트를 준비하면서 우리가 항상 책방에 틀어놓는 노래가 생각났다. 음원사이트를 통해 접한 노래 중 우깨 멤버들과 모두 열광하며 듣던 노래가 있었다. 가수 이예린 님의 '찰나'라

노는 게 아니라 기획하는 겁니다

동네 북 book 콘서트

7월 28일 금요일 늦은 7시
두권책방

프로그램 그리고 게스트

[책과 여행]
여행작가 최갑수 〈우린 사랑아니면 여행이겠지〉

[책과 음악]
싱어송라이터 이예린

참가비
책방회원: 1만원 / 비회원: 1만5천원
(음료 한 잔 포함)

문의 및 신청
070.8803.6562 / 카톡ID: 두권책방

는 곡이다. 서정적인 목소리에 시적인 가사가 책방과 잘 어울려 책방의 공식(?) 오프닝 곡이었다.

역시 연락 방법이 없어 고민하다 SNS를 검색해 메시지를 보냈다. 북콘서트에는 한 번도 참여한 적이 없어서 걱정된다고 하셨지만 흔쾌히 허락을 해주셨다. 오는 김에 전주 여행도 하면 좋을 것 같다며 수줍게 웃으셨다. 이렇게 '제1회 동네북콘서트'의 라인업이 완성됐다.

포스터를 만들고 홍보를 시작했는데 생각보다 많은 사람들이 참여 신청을 했다. 한 대학교에서는 과에서 단체로 신청을 해줬다. 티켓을 오픈하고 10일 만에 50장이 매진됐다. 생각보다 큰 관심에 감사한 마음이 들어 참석자에게 선물을 드리고 싶었다. 그래서 최갑수 작가님께 여행을 다니면서 촬영한 사진을 프린트 해 행사 당일 사진 전시회를 열자는 제안을 했다. 참석자가 원하는 사진을 가지고 갈 수 있게 하자고도 했다. 작가님께 50장 정도의 사진을 미리 받아서 진행했다. 관객들은 뜻밖의 선물을 받았다며 무척 기뻐했다.

행사 당일 최갑수 작가님의 진솔한 이야기와 이예린 님의 진정성 있는 음악은 책방을 가득 채워줬다. 두 분의 이야기와 노

노는 게 아니라 기획하는 겁니다

래는 북콘서트를 밝고 훈훈하게 만들어 줬다. 지금 생각해 보니 그때 두 분이 우리 책방에 와주신 것은 기적 같은 일이었다. 이 작은 동네서점에 굳이 시간을 내서 오는 것은 쉽지 않은 일이다. 선뜻 와주신 두 분과 책방을 가득 채운 관객들께 다시 한 번 감사의 말씀을 드리고 싶다.

이렇게 진행된 '동네북콘서트'가 올해는 좀 더 커져서 '동네북페스티벌'이 된다. '두권책방'에서 다양한 문화행사, 프로그램 등을 진행하다 보니 운이 좋게 한국출판문화산업진흥원과 사업을 하게 됐다. '동네북페스티벌'에서는 '동네북콘서트'와 동네서점 워크숍 등 다양한 프로그램을 함께 진행할 예정이다. 무엇보다 중점적으로 생각하고 있는 것은 '돗자리책방'이다. 약 100명의 시민을 모집해 그들이 책을 판매할 수 있도록 돗자리를 1평씩 분양해서 '돗자리책방'을 운영할 예정이다. 일반 시민들도 서점 주인장이 되어 소개하고 싶은 책을 공유하는 페스티벌을 만드는 것이 목적이다. 날씨 좋은 9월에 진행할 예정이다.

노는 게 아니라 기획하는 겁니다

동네북콘서트 프로그램

□ 사진 전시회 및 이벤트

○ 여행 관련 설문 조사 및 결과 공유

△ 작가 초청 토크 콘서트

◇ 싱어송라이터 음악회

✚ 작가 사인회

수다큐

▲▲▲ 요즘 대학생들은 다양한 스터디를 한다. 일반적으로는 취업 스터디부터 공모전, 어학, 조별과제, 심지어 이민 준비까지 다양한 종류의 스터디에 참여한다. 스터디는 혼자 하기 어려운 공부를 공감대가 비슷한 사람들끼리 하면서 보다 즐겁게 공부할 수 있다는 장점이 있다. 모여서 공부하고 생각을 나누다 보면 생산적인 생각들이 오고 가고 효율도 높아진다. 그래서 나는 대학생 때부터 다양한 스터디 모임을 좋아했고 열심히 했다.

졸업 후에는 사업을 하느라 시간이 좀처럼 생기지 않아 정기적인 스터디에 나가지 못했지만 단기로 참여할 수 있는 스터디는 꼭 가 보려고 했다. 여건이 되지 않으면 자체적으로 스터디 모임을 운영하여 갈증을 해소했다.

다큐멘터리를 좋아하는 나는 다큐멘터리 스터디를 만들어 사람들과 보면 어떨까 하는 생각을 항상 가지고 있었다. 이런 의견을 전주에 있는 '전주시민 미디어센터'와 공유하게 되었고, 미디어센터는 나의 생각에 동의를 해 줬다. 미디어센터는 누구나 쉽게 미디어를 배우고, 만들며, 소통할 수 있도록 하는 21세기 대안적 공공문화 시설이다.

이렇게 미디어센터와 정식으로 기획한 후 정기적인 다큐 프로그램을 운영하기로 결정했다. 미디어센터 측과 기획회의를 하다 다양한 분야의 좋은 다큐멘터리들이 예상보다 많다는 것을 알게 됐다. 그래서 한 달에 한 번씩 다른 주제를 정해 상영하는 프로그램을 진행하면 좋을 것 같았다. 대상은 20대, 특히 취업 준비로 마음의 여유가 없는 대학생들에게 조금 다른 시선과 생각을 던져 주고 싶었다. 주제는 회의를 해서 몇 개를 뽑았다.

여기서 나아가 주제에 따라 다큐멘터리를 관람한 후에는 거

노는 게 아니라 기획하는 겁니다

기에 맞는 작가를 섭외해 강의하는 방식으로 프로그램을 운영하기로 했다. 이렇게 해서 '수다큐'가 만들어졌다. 주제에 맞게 일일이 작가를 찾아 섭외하는 것이 조금은 힘들었지만, 대부분의 작가님들은 바쁜 일정에도 불구하고 전주시 청년들을 위해 작은 책방까지 와 주셨다.

영화 '노무현입니다'의 이창재 감독님의 경우, 영화가 막 개봉하자마자 연락을 드려 섭외할 수 있었다. 그런데 행사 날 감독님께서 "개봉 초창기에 전화를 줘 마침 일정이 없었다"며 "두권책방과 약속하고 바로 다음 날부터는 일정이 꽉 찼다"라고 하셨다. 하루만 늦었더라도 감독님과 만나지 못했을 뻔했다.

베스트셀러인 『대통령의 글쓰기』의 강원국 작가님은 연락을 드렸을 때 통화하기가 무척 어려웠다. 간신히 통화가 되어도 굉장히 짧게 대화할 수밖에 없어서 '섭외가 힘들겠구나' 싶었는데 '우깨'의 취지를 들으시고는 전주까지 선뜻 와 주셨다.

이렇게 좋은 분들의 도움으로 총 7회의 '수다큐'가 진행됐다. 다큐멘터리를 통해 또 다른 시선을 함께 공유할 수 있었고, 작가님들의 강의를 통해 전문적인 조언을 듣고 배울 수 있는 유익한 시간이었다.

□ **진행했던 주제:** 공동체, 재난, 글쓰기, 청춘, 정치와 참여 등

○ **1부 다큐멘터리 상영**

△ **2부 다큐멘터리와 관련된 작가 초청**

참여 작가: 이창재 감독, 강원국 작가, 김신회 작가 등

□ **책방으로 떠나는 브런치 파티:** 전문 셰프와 함께하는 피크닉 프로그램. 한 달에 한 번 신청자를 받아 함께 요리하고 나눠 먹으며 소통하는 시간을 가지고 있다.

지원·공모사업 따내기
··
나만의 기획으로
먹고살고 싶은 청년들에게

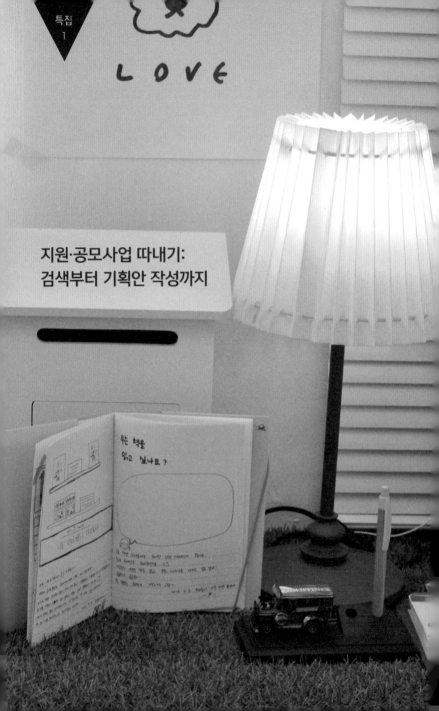

1 ——— 정보력 싸움

조금만 관심을 갖고 찾아보면 알려지지 않은 지원·공모사업들이 굉장히 많다. 창업 지원부터 프로그램 개발·콘텐츠 운영·강연회·출판물 지원 등 각종 분야에서 도움을 받을 수 있는 사업들이 많다. 우깨도 지원·공모사업들을 따서 운영해 왔는데 인문, 복지, 미디어, 네트워킹, 예술 등 분야도 다양하다. 문화기획을 사업으로 하는 우리에게는 꽤 고마운 일이다.

각종 지원금을 받아 사업을 하고 싶다면 철저한 자료 조사가 기본이다. 우리는 출근 후 시작하는 고정 업무가 있다. 우깨와 연관된 홈페이지를 찾아 정보를 검색하는 것이다. 매번 약 30곳 정도를 살펴보고 있다. 이것이 바로 우리가 할 수 있는 사업들을 조사하는 과정이다.

대략 하루에 1시간 정도 이렇게 시간을 쏟는데 적게는 5개,

많게는 30개 정도, 우리가 할 수 있는 일들이 나온다. 물론 지원을 한다고 해서 그 사업들을 다 따낼 수 있는 것은 아니지만 자료 조사는 하면 할수록 기회가 많아진다고 생각하면 된다. 우리의 본업은 기획이기 때문에 이런 작업을 통해 사업들을 발굴해 내고 새로운 프로젝트를 기획하기도 한다.

이렇게 관심을 갖고 찾으면 할 수 있는 사업들이 적지 않은데도 불구하고, 이런 방법을 모르는 분들이 많다. 자료를 어디서 찾아야 할지 막막해한다. 취업이나 스터디 등의 정보는 주변 사람, 다양한 온라인 카페 등에서 얻을 수 있지만 지원사업은 딱히 알 수 있는 곳이 없다. 나도 초반에는 정보가 너무 없어서 주위에 물어보고 홈페이지들을 정리해 목록을 만들어 가며 우깨만의 사업 정보 리스트를 완성했다.

사업을 하기 위해서는 내가 할 수 있는 일들을 찾는 것이 우선 갖춰야 할 역량이다. 내가 모르는 정보들을 누군가는 알고, 그러한 정보들을 누적하고 있다면 나는 뒤처질 수밖에 없다. 조금 귀찮고 힘들더라도 꼼꼼한 자료 조사를 통해 본인이 하려는 일의 시작을 조금 수월하게 할 수 있도록 노력해 보자.

2 ——— 기획안 작성

  사업 초창기, 기획안 작성은 정말 곤욕이었다. 기획안 작성 요령을 제대로 배워 본 적이 없었으니 맨땅에 헤딩하는 식으로 시작했다. 당연히 누구 하나 알려 주는 사람도 없었다. 조직에 입사해 배우지 않는 이상 내가 배울 수 있는 곳은 없었다.

  처음에는 무엇을 써야 할지 아예 몰랐기 때문에 눈앞이 깜깜했다. 그런데 기획사인 우깨에서 기획안을 못 쓴다는 것은 말이 되지 않는다는 생각이 들었다. 우선 다른 기획안들을 미친 듯이 찾아봤다. 그때 주로 봤던 것은 서울시에서 정보공개용으로 게시한 서울시의 행사 실행계획서, 기획안 등이었다. 사실 일반 회사의 기획안을 보고 싶어도 모두 내부용이라 방법이 없었다. 그래서 서울시의 정보공개 서비스에 접근했고, 약 100여 개의 기획안을 보고 나름 공부를 했다.

그것이 기획안에 대한 공부였다. 혼자 준비하는 것은 생각보다 어려웠다. 내가 처음 회사를 창업한다고 했을 때 관련 회사에 입사해 경험을 쌓으라는 충고들이 많았는데, 기획안을 준비하면서 그런 충고들이 이해가 좀 되었다.

어쨌든 그렇게 다른 기획안을 보면서 공부를 했고, 완벽하지는 않더라도 나도 들이밀 수 있을 정도의 기획안은 작성할 수 있었다. 문제는 예산을 세우는 일이었다. 서울시 정보공개 특성상 예산에 대한 내용은 자세하게 나오지 않았다. 예산 부분이 어려웠다. 예산에 대한 가이드라인들이 나와 있었지만 도무지 감이 잡히지 않았다. 그래서 주위에 물어보고 자문하면서 감을 잡아 갔다.

보통 프로그램 운영을 위한 지원금의 금액이 적게는 100만 원에서 많게는 1억 원 정도다. 여기에 맞게 예산을 세워 프로그램을 만들고 운영하는 작업은 쉽지 않았다. 대부분의 사업금은 세금으로 운영되기에 더욱 신중하고 조심스럽게 해야 한다. 아직도 완벽하지는 않지만 4년 차 기획자가 된 지금은 두려움이 많이 줄었다. 이제는 기획을 시작하는 청년들에게 조언을 하고 협업도 한다.

청년들과 이야기를 하다 보면 그들 역시 가장 어려워하는 부분이 기획안 작성이다. 처음에는 즐겁게 시작한 기획인데 10~50장 정도의 기획안을 만들어야 한다면 보통 일이 아니다. 그래서 많은 친구들이 시작도 하기 전에 겁을 먹고 그만둔다. 하지만 본인들의 생각과 아이디어를 세상에 선보이려면 고생스럽더라도 해내야 한다. 우리의 생각들을 실현하기 위해, 그리고 실질적으로 사업을 하기 위해 기획안 준비는 필수다.

나는 여전히 기획안을 쓸 때가 되면 한숨이 먼저 나온다. 하지만 사업을 제대로 해내기 위한 출발이라고 생각하며 기획안과 서류에 익숙해지면 큰 도움이 될 것이다. 많은 사업들은 말보다는 먼저 서류·문서로 실행되고 있다.

막막한 분들을 위해 그동안 터득한 기획안 작성 요령을 간단히 소개한다. 그동안 나는 약 200개의 크고 작은 기획안을 작성했다. 선정된 기획안이 많아 지금까지 버티고 있지만 실패한 기획안도 많다. 사실 더 많은 실패들이 있었다. 그래도 시간이 지날수록 기획안에 대한 나름의 노하우가 생겼다.

기획안은 크게는 해당 사업에 대해 정리한 내용(이를 기획안이라고 할 수 있다.)과 실행계획서(세부 기획 내용과 구체적인 예산을 적어야 한다.)로 나눌 수 있다. 포괄적으로 이 내용 둘 다를 기획안이라고도 할 수 있다.

질문이 나오지 않게 만들기

많은 사람들이 기획안을 작성할 때 본인의 생각을 제대로 정리하지 못한다. '내가 이해하고 있으니 다른 사람도 알 것'이라고 착각해 자신의 아이디어를 제대로 풀어내지 못한다. 기획안을 작성할 때는 다른 사람이 이 글을 접했을 때 어떻게 받아들일지가 중요하다. 그래서 나는 "초등학생이 읽어도 이해가 될 수 있도록 작성하라"고 조언을 한다.

보는 내내 질문이나 궁금증을 생기게 하는 기획안은 좋지 않다. 그런데 그 궁금증에 대해 질문을 받으면 당사자는 청산유수로 설명을 한다. 이것은 기획안에 자신의 생각을 제대로 꼼꼼하게 녹여 내지 못해서 비롯되는 실수다.

그래서 나는 모든 내용을 기획안에 작성한다. 처음에 머릿속에 있는 내용들을 정리한 다음에 글로 작성하지 않는다. 모든 내용과 생각들은 모조리 꼼꼼하게 작성한다. 그 다음에 정리를 시작한다. 이렇게 하는 이유는 머릿속에서 내용을 정리하다 깜빡하고 놓치는 부분이 많기 때문이다. 이렇게 모든 내용을 일단 글로 작성하면 정리가 쉬워진다. 그리고 한눈에 모든 내용을 확인하다 좋은 아이디어가 떠오르기도 한다.

중요한 것은 처음 보는 사람도 바로 이해할 수 있는 기획안이어야 한다는 점. 그리고 웬만하면 상대방의 질문이 나오지 않게 만들어야 한다는 것이다.

사업 목적과 나의 기획을 절묘하게 조합하기

대부분의 지원·공모사업은 특정 목적을 가지고 있다. 예를 들어 청년들의 문화예술 활동 장려를 위한 축제 사업의 경우 그 축제의 목적은 당연히 청년들의 문화예술 활동 장려이다. 운이 좋아 내가 하고 싶은 기획이 사업 목적으로 나온다면 좋겠지만 아쉽게도 그러한 사업들은 실질적으로 많지 않다. 그래서 내가 하고 싶은 것들을 사업의 목적과 절묘하게 조화시켜야 보다 더 많은 사업들을 할 수 있다.

거짓 사업을 하라는 것이 아니다. 관심사를 활용하여 사업의 다각화를 해 보자는 말이다. 조금 시야를 넓히면 내가 원하는 프로젝트를 실행할 수 있는 일들이 많아진다. 그래서 우깨는 문화·예술뿐만 아니라 복지, 관광, 인문 등 다양한 분야에서 사업을 하고 있는 것이다. 사업의 규모는 상관없다. 중요한 것은 하고 싶은 일들을 실현해 나가는 작업이다.

공모에서 떨어지는 기획안들은 본인들이 하고 싶은 것들만 주절주절 늘어놓은 것들이 많다. 이런 경우 본인이 기획한 콘텐츠가 문제라기보다는 사업 목적에 맞지 않기 때문이다. 사업에 선정되는 중요한 기준은 공모에 명시되어 있는 사업 목적이다. 이를 정확히 파악하여 본인들이 거기에 맞게 할 수 있는 것이 무엇인지 재빨리 감을 잡아야 한다.

노는 게 아니라 기획하는 겁니다

사업의 기획안에서 예산을 세우는 것은 굉장히 중요하다. 세금으로 운영되는 사업일수록 예산에 대한 투명성과 정확성이 요구된다. 당연하다. 그래서 대부분의 사업에는 예산을 세우는 기준표가 함께 제시된다. 사업 주체는 제시된 예산 기준안을 가지고 예산을 세우면 된다. 예를 들어 강사료는 시간당 얼마, 식대는 한 끼당 얼마 등에 대한 기준이 굉장히 꼼꼼하게 명시되어 있다. 그래서 복잡해 보일지 몰라도 알고 보면 기준표에 맞게만 예산을 구성하면 된다.

그동안 사업을 했던 경험을 바탕으로 어떻게 합리적인 예산을 세울 수 있는지 팁을 드리고 싶다. 절대적인 것은 아니지만 우리는 항상 이런 원칙을 가지고 예산을 구성하고 있다.

홍보비는 최소 10% 이상으로(적정선 최대 20%)

홍보비는 대부분 현수막, 배너 등 다양한 홍보물 디자인 비용과 출력비로 사용된다. 사실 막상 사업이 시작되면 해당 프로그램을 알리는 것이 가장 중요한 미션이다. 실제로 예산을 지원하는 기관 쪽에서도 해당 사업이 사람들에게 많이 알려지길 원한다.

우깨는 SNS를 기반으로 활동을 하고 있지만 나는 오프라인 홍보물도 꽤 신뢰하고 있다. 온라인에서 만날 수 없는 사람들은 전부 오프라인에 존재한다고 생각하면 된다. 그렇기 때문에 홍보물에 대한 비용은 최소 전체 예산의 10% 이상을 잡아서 본인의 사업이 제대로 홍보될 수 있도록 노력해 보자.

사업 참여자에 대한 수고비는 최대한 많이

예산을 세우기에 앞서 꼭 알아 둬야 할 사항이 있다. 대부분의 지원사업(프로그램 운영 지원, 소규모 프로젝트 지원 등)에서 운영 주체(기획자)의 인건비를 책정할 수가 없다는 사실이다. 그렇다면 '그 사업은 인건비도 없이 진행을 하라는 말인가?'라고 의아할 수도 있다. 그런데 우리가 쉽게 접할 수 있는 대부분의 소규모 지원사업에서는 아쉽게도 운영 주체의 인건비를 책정할 수 없다.

우깨도 인건비를 책정할 수 없는 사업을 진행한 경우가 많았다. 초창기에는 무엇이라도 해야 하기에, 일단 커리어를 쌓고 싶은 생각에 가리지 않고 닥치는 대로 맡았다. 이렇게 일하다 보면 현실적으로 힘이 든다. 다른 단체들도 대부분 이런 부분 때문에 운영을 힘들어한다. 그래서 문화예술 분야에 정규직이 많지 않은 것일지도 모른다.

사업을 기획하고 만든 기획자는 인건비 책정이 대부분 힘들지만 그 사업에 참여하는 단기 인력(일일 스태프, 강사 등)은 인건비 보상이 가능하다. 어쩌면 문화기획 분야 지원·공모 사업을 시작한 경우 유일하게 책정할 수 있는 인건비일지도 모르겠다.

사업금이 크면 클수록 기획자의 인건비 책정이 가능한 경우도 있다. 그러나 보통 운영 주체의 인건비는 예산상 넣을 수 없다. 그렇더라도 함께하는 사람들에 대한 수고비는 최대한 많이 책정해서 지역에서 상생하는 주체들을 만들어 내는 것이 좋은 방법인 것 같다.

시설·장비 대여료는 최소

행사를 하다 보면 음향부터 시작해 조명, 무대 설치 등 굉장히 많은 장비들이 필요하다. 이러한 것들을 하드웨어라고 하는데 우깨는 이러한 하드웨어에 많은 예산을 쓰지 않는다. 이유는 간단하다. 우리가 생각할 때 좋은 콘텐츠는 하드웨어 같은 '장비빨'로 이루어지는 것이 아니다. 중요한 것은 행사를 구성하고 있는 소프트웨어, 즉 콘텐츠인 프로그램이다.

페스티벌 같은 대규모 행사는 다르겠지만 우깨가 진행하는 사업에서는 장비보다는 프로그램의 질이 더욱 중요하다. 우깨가 전문 공연팀도 아니고 외부 행사가 많지 않아서 그럴지도 모른다. 하지만 화려한 조명이 없더라도 사람들은 매력적인 것을 본능적으로 알아차리고 다가온다. 가장 중요한 것은 끌리는 콘텐츠다.

나만의 기획으로
먹고살고 싶은 청년들에게

의미있고
신나는
일을 하면
돈은
따라온다

1 ——— 사업 전략

비즈니스의 마인드로 접근해야 한다

나처럼 청년 관련 콘텐츠를 기획해 프로그램을 진행하고 싶어 하는 친구들은 두 가지 이유로 이 일을 시작한다. 첫 번째는 청년으로서 느끼는 사회의 문제점에 깊은 공감을 해서이고, 두 번째는 내가 좋아하는 이슈로 사람들과 소통할 수 있다는 사실이 흥미롭기 때문이다. 내 경우는 다양한 청년들을 만나 이야기하고 고민을 나누는 순간들이 좋아 사업을 시작했다. 조금 무모했지만 주변의 도움과 응원에 힘입어 공간도 마련할 수 있었다.

그런데 돌이켜 보니 사실 제일 중요한 것은 첫 번째도 두 번째도 아닌 이것으로 어떻게 먹고살아 갈 것인지에 대한 방법이다. 우리처럼 기획으로만 사업을 하고 싶다면 더욱 치열하게 고민을 해야 한다. 취미 정도로 생각하고 돈은 다른 방법으로 벌겠다면 이야기는 조금 달라진다. 하지만 기획으로 승부를 보고 싶다면 철저하게 돈을 만들어 낼 줄 알아야 한다.

　나는 내가 하려는 기획들로 잘 먹고 잘 살 수 있다는 신념을 가지고 있다. 내가 하려는 것들에 대한 가치가 갈수록 소중해질 것이고 만들어 낸 기획들을 필요로 하는 곳들이 많아질 것이라고 생각한다. '생산적 또라이 파티'는 그러한 믿음에 확신을 줬다. 참가비 2만 원은 지역에서는 다소 비싼 금액이다. 그럼에도 매회 약 30명 정도의 사람들이 모였다. 콘서트에 비유하자면 약 30장의 티켓이 매회 팔렸다. 그렇다면 대략 60만 원 정도의 매출이 생긴 것이고, 파티에서 준비한 식음료 등의 금액을 제하면 공간 운영비에 보탬이 될 정도였다.

　물론 사업을 운영하기에는 굉장히 적은 수익이다. 월세와 공과금도 내야 하고, 무엇보다 나도 먹고살아야 한다. 내가 만드는 기획이나 콘텐츠의 가치가 올라가 필요로 하는 곳이 생기려면 시간이 걸린다. 나는 이것을 '절대시간'이라고 표현한다. 절대시간이란 하나의 콘텐츠나 기획이 대중에게 뻗어나가 파급

효과가 일어나기까지 걸리는 최소 소요 시간이다.

감사하게도 나는 1년 차가 되자 '일이 일을 부르는 단계'에 조금 진입할 수 있었다. 1년이 넘자 우깨의 콘텐츠, 행사, 프로그램들이 알려지면서 여기저기서 의뢰가 들어오기 시작했다. 절대시간은 필수다. 하지만 많은 사람들이 이 시간을 버티지 못하고 금방 포기한다. 이쪽 분야의 많은 친구들이 1~2년 사이에 갑자기 안 보이게 되는 이유이기도 하다.

청년 기획자에게는 기획을 통해 드러내고 싶은 개인의 욕망 그리고 이를 사회의 다양한 이슈와 어떻게 버무려 비즈니스화할 것인지가 가장 중요하다.

성장하기 위해서는 지원·공모사업과 적절히 타협해야

돈을 만드는 것이 생존을 위해 절대 필요하지만 아쉽게도 대부분의 사람들은 내가 기획하고 구성한 콘텐츠에 돈을 쓸 마음이 많지 않다. 게다가 지역은 수도권과 분위기가 많이 다르다. 수도권에는 아무래도 사람이 많아서이기도 하지만 크고 작은 문화 프로그램들이 일상에 널렸다. 수도권 거주자들은 밥 먹고 커피를 마시는 것처럼 퇴근 후나 주말에는 자신을 위해 다양한 문화행사, 모임, 강연 등에 돈을 쓴다. 하지만 지역은 좀 다르다. 물론 양질의 콘텐츠가 먼저이지만 문화생활의 90%를 영화관에서 한다는 통계는 다양하지 않은 지역의 문화를 입증한다.

지역만의 한계도 있다. 문화 프로그램들을 진행할 때 연사 초청비, 시설비, 홍보비 등으로 지출하고 나면 실질적으로 남는 것이 많지 않다. 작은 규모의 프로그램들도 마찬가지다. 소규모로 진행하면 참가자를 모집하는 것은 쉽지만 참가비 수익은 굉장히 적어진다.

다행히 중앙과 지역에는 다양한 지원·공모사업들이 존재한다. 문화기획 분야는 중앙이나 지역의 크고 작은 지원금 등을 노려 콘텐츠를 기획하고 실행하는 것이 가장 리스크가 적은 방법이다.

나는 그런 지원사업에 대해 전혀 모른 상태에서 공간을 만들고 사업을 시작했다. 덕분에 적당한 자생력이 생겨 지금까지 버티고 있지만 지원사업을 초창기에 알았다면 더욱 좋았을 것이다. 그나마 우깨는 기계를 이용해 상품을 만드는 제조업이 아니라 노트북만 있으면 되는 사업을 하니 초창기 투자비용이 거의 없었다. 하지만 공간 운영비 등 부담스러운 고정지출 비용들은 있었다. 초반에 지원사업들을 알았더라면 그 힘겨운 시간들이 좀 더 수월하지 않았을까 생각한다.

조금이라도 자생력을 가지고 시작하면 좋다

앞서 소개한 지원사업을 활용하는 것도 좋은데 이러한 예산에 집중하다 보면 자생력이 떨어진다는 단점이 있다. 쉽게 말하면 지원·공모사업이 없으면 사업을 운영하기 힘들어지는 상황이 생긴다. 지원·공모사업이 항상 나에게 돌아오는 것은 아니기에 떨어질 가능성도 많다. 우리도 1년에 수십 개의 기획안을 제출하지만 직접 하게 되는 사업은 약 10개 정도가 전부다. 결국 자생력을 갖는 것이 중요하다.

자생력이라 하면 다른 곳에서 돈을 번다는 것이 아니라 본인이 하고 있는, 하고자 하는 일을 통해 수익을 만드는 것이다. 지원·공모사업을 하지 못하더라도 다양한 방법으로 내가 하고 싫은 일과 연관이 있는 것들로 수익을 만들어 보자.

나는 공간에서 조금이라도 수익을 내기 위해 서점을 만들었다. 책 판매라는 것이 물론 쉽지 않고 많이 남는 장사는 아니다. 그렇지만 카페나 식당은 기획사인 우깨가 할 수 없는 일이다. 그래서 무인서점을 열게 된 것이다. 비록 매출은 적지만 그래도 찾아 주시는 손님들과 소통하며 조금씩 수익이 발생하는 상태다. 이는 공간 운영에도 도움이 되고 있다.

나는 또한 강의도 많이 다닌다. 그동안 해 왔던 내용을 토대로 청년들 대상의 기획과 문화 관련 특강·강의를 자주 한다. 이런 방식으로 부가 수익을 내는 것이 필요하다. 현실적으로 시장 생태계를 재빨리 파악하고 이에 맞춰 하고 싶은 것으로 수익을 창출하는 방안을 많이 만들어 놓는 것이 중요하다.

주위 사람을 설득하려 하지 말고 그냥 보여 줘라

이쪽 분야의 일, 문화기획사를 보통 사람들은 이해하지 못한다. 가장 많이 받는 질문은 돈을 어떻게 버느냐는 것이다. 사실 식당 운영과 같은 명확한 비즈니스 모델은 없는 것이 사실이다. 문화기획사를 지원하는 각종 지원·공모사업 등에 대한 개념도 일반적이지 않다. 그래서 가장 답답한 것은 주변 사람들의 반응이다.

나도 그랬다. 부모님은 나에게 "대체 어떻게 먹고살 것이냐"라고 말씀하시면서 답답해하셨다. 아무리 설명해도 이해하지 못하셨고, 기획사로 성공하겠느냐는 소리를 주변에서 수없이 들었다. 그나마 나는 20대에 시작해서 젊은이가 무언가를 한다니 응원해 주시는 분들은 많았다. 무엇보다 내가 너무나 확신을 가지고 비전을 이야기하니 "뭔지는 모르겠지만 한번 해봐. 잘될 것 같다"라는 분위기로 바뀌었다.

문화기획 사업은 분명 다르다. 보이는 상품이 없으니 더욱 그렇다. 사업 특성상 공익적인 부분도 크고, 이런 것을 사업이라고 생각하지 않을 수도 있다. 심지어 '그냥 좀 하다가 말겠지'라는 시선들이 주변에 가득해질 수도 있다. 하지만 어쩔 수 없다. 이쪽 분야에 뛰어든 이상 개척자가 되어야 한다. 어쩌면 선례가 없었기에 이런 사업이 생소할 것이다. 그래서 스스로 좋은 사례를 만들어 길을 트고 사람들에게 보여 줄 수밖에 없다. 그

노는 게 아니라 기획하는 겁니다

것이 나의 사업으로 주변 사람들과 할 수 있는 유일한 커뮤니
케이션일 수도 있다.

1000명의 무료 참가자보다 10명의 유료 참가자가 소중하다

지역에는 무료 프로그램들이 많다. 돈 주고 참여하기 힘든
강연회, 문화행사들이 대부분 무료로 진행되고 있다. 우깨도
때로는 사업 특성상 무료로 진행하는 행사들이 있다. 무료로
프로그램을 운영하면 참여자는 급증한다. 하지만 노쇼(당일에
행사에 오지 않는 경우)도 많아진다. 이를 방지하기 위해 보증
금 형태로 돈을 받고 현장에 오면 돈을 돌려주기도 하지만 역
시 무료 프로그램은 참석률이 저조하다.

무료 프로그램에서 또 하나 아쉬운 점은, 무료라고 하면 대
중은 그 프로그램과 기획들에 대한 가치를 가볍게 생각한다.
이게 가장 안타깝다.

처음 행사를 할 때는 사람이 모이지 않을 것 같아 무료로 진
행하거나 아주 적은 참가비를 받고 간식 등을 많이 주는 '퍼 주

기식' 프로그램을 많이 한다. 초창기에는 사람들이 많이 모여 효과도 있고 도움이 될 수도 있다. 하지만 될 수 있으면 처음부터 합리적인 참가비를 책정하여 제대로 돈을 받는 것이 좋다. 참가비가 비싸서 사람들이 오지 않을 것 같으면 참가비를 내고라도 오고 싶게 만들어야 하는 것이 기획자의 역할이다.

혹시 사람들이 참가비 때문에 오지 않을 것 같다고 걱정이 된다면 참가비가 아니라 프로그램을 고민해야 한다. 정말 좋은 프로그램에는 사람들이 어떻게든 참여한다. 그렇게 할 수 있도록 만드는 것이 기획자가 해야 하는 일이라고 생각한다.

1000명이 무료로 참가하는 것보다 합리적인 비용을 지불하고 오는 10명이 더욱 소중하다. 우리가 내놓은 서비스를 정당한 가치로 만들어 내는 것이 바로 우리가 지역에서 해야 하는 일들 중 하나이다. 수많은 무료 프로그램들이 넘치지만 우리는 제대로 된 유료 서비스를 만들어야 한다. 이게 바로 문화 프로그램을 사람들이 자연스레 소비하는 문화가 되는 길일 것이다. 겁먹지 말고 콘텐츠를 갈고닦아 사람들에게 당당히 말해라. 커피 한 잔도 5천 원이고 영화 한 편도 1만 원이다.

2 ——— 콘텐츠 개발 및 기획 방법

나에게 재미있는 것을 찾아야

기획회의를 할 때 우깨에서 가장 중요한 것은 내가 하고 싶은 것, 재미였다. 운영하는 서점에는 '아이디어는 없어도 되지만 재미가 없으면 안 된다'라는 문구가 커다랗게 블라인드에 붙어 있다. 그만큼 재미는 중요한 가치다. 이때의 재미는 진행하려는 프로그램이 실행되는 순간에 느껴지는 희열과 즐거움을 의미한다.

나는 행사 당일, 현장이 주는 에너지와 느낌이 너무 좋다. 하지만 그 전날까지 계속되는 회의와 준비과정, 컴퓨터 앞에서 서류를 정리하고 만드는 작업들은 그 무엇보다 힘들다. 하지만 현장의 재미는 이 모든 과정을 잊게 할 정도로 크다.

사업을 하다 보면 하고 싶은 것이 언제나 수익으로 이어지는 것은 아니다. 하지만 재미있다고 느껴진다면 때로는 수익은 생각하지 않고 시도하기도 한다. 당장은 돈이 되지 않더라도 내가 느끼는 재미는 가치가 클 것이라고 확신하고, 다양한 시도들이 쌓이면 자산이 될 수 있다고 생각한다.

타인의 시선으로 생각하기

아이템을 잡았다면 그 다음부터는 이제 어떠한 형태로 풀어낼 것인가에 대한 고민이 생긴다. 콘서트, 공연, 토크쇼, 파티, 영화상영, 강연 등 다양한 형태의 문화행사들이 있다. 그렇다면 어떤 형태가 가장 적절할까?

이때부터 중요한 것은 타인의 시선, 즉 사람들에게 가장 매력적인 형태가 무엇인지를 고민하는 것이다. 예를 들어 공동체에 관련된 정보와 이야기를 사람들과 나누고 싶다면 공동체 관련 영화를 상영하거나, 공동체 관련 전문가를 섭외하여 강의를 진행하거나, 직접 2박 3일 정도의 공동체 생활을 기획해

노는 게 아니라 기획하는 겁니다

볼 수도 있다. 이러한 수많은 옵션 중 가장 중요한 것은 내가 정한 아이템·주제가 어떤 형식으로 완성됐을 때 참여자들이 매력을 느낄지를 고민하는 것이다.

이 부분은 내부 인원으로는 제대로 파악하기가 힘들다. 그래서 관련 주제가 어떻게 풀어졌는지 다른 사례들을 살펴보기도 하고, 무엇보다 주변 사람들에게 많이 물어보는 것이 좋다. 주위에서 의견을 구하면 두 가지 측면에서 효과가 있다.

첫째, 객관적인 시선으로 갈피를 잡을 수 있다. 내부에서만 결정했을 때, 특히 아이템을 낸 사람은 객관성을 잃어버린다. 그래서 평소 우깨의 프로그램에 자주 참가한 친구들을 중심으로 내가 하려는 주제에 대해 의견을 물어본다.

둘째, 시작하기도 전에 홍보 효과가 있다. 아이템을 말하는 것만으로도 사람들은 꽤 흥미를 느낀다. 심지어 "저 그거 할 때 꼭 불러 줘요. 꼭 갈게요"라며 참가 의지를 보여 주기도 한다. 이렇게 아이템의 평가와 모객이 한 번에 해결되기도 한다.

끊임없는 설득의 과정은 기본

기획회의를 할 때 우깨에는 최고 결정권자가 없다. 내가 대표이기는 하지만 일을 같이하는 팀원들과 회의를 하고 설득하는 과정을 통해 결정한다. 팀원이 그렇게 많지는 않지만 팀원마다 생각은 각자 다르다. 근무한 시간, 연령, 주거지 등 본인이 처한 상황과 배경지식에 따라 다른 아이템과 아이디어가 나온다. 그러다 보니 각자 하고 싶은 것이 다른 경우가 많다. 물론 회사의 비전과 목표가 존재하지만 풀어내는 방법은 각자 다른 것이다.

그래서 우리는 각자의 아이템을 정리해서 서로 공유하며 설득한다. 과정이 지지부진하고 때로는 결정이 늦어져 무력감에 빠지기도 하지만 이는 반드시 필요한 순간들이다. 우리끼리 설득의 과정을 거치면서 콘텐츠를 완성도 있게 만들고, 함께 일할 수 있는 분위기와 팀워크를 만드는 발판이 되기도 한다.

사실 때로는 대표라는 이유로 밀어붙이고 싶은 아이템들이 있어 마음이 안절부절못하기도 한다. 하지만 같이 일하는 이상 계속해서 서로 설득하며 모두에게 동의를 구할 수 있게 하고 있다. 내부에서도 설득하지 못하면 참여하는 사람들도 흥미를

노는 게 아니라 기획하는 겁니다

잃을 것이라고 생각한다. 이러한 설득의 과정에서 팀원 누구나 주체성이 생기는 효과도 있다.

다양한 정보에서 새로운 아이디어가 나온다

4년 차가 되니 아이디어에 점점 한계가 생긴다. 다행히도 시기적절하게 새로운 팀원들이 들어오면서, 덕분에 이런 나의 단점이 보완되기도 하지만 내 스스로는 아이디어가 점점 부족하다는 것을 실감한다. 그래서 평소에 많은 정보들을 얻으려고 한다. 신문 읽기부터 시작하여 온라인 뉴스는 기본이고, 사소한 해프닝과 사회적 이슈 등을 파악하기 위해 일정 시간을 할애한다. 이렇게 다양한 정보들을 접하고 나면 기획에서 새로운 아이템과 융합할 수 있는 기회들이 생긴다.

문화기획 쪽에서 가장 중요한 것은 바로 이렇게 다양한 이슈들을 문화로 엮어 내는 것이라고 생각한다. 무수한 것들 사이에서 재미있고 의미 있는 방식으로 관심사를 불러일으키는 것이 문화라고 생각한다. 그래서 우리에게 수어문화제는 더욱 특별했다. 내가 잘 모르는 분야인 농인들의 삶과 문화가 융합됐을 때 나왔던 시너지 덕분에 꽤 즐거운 기분이었다. 그래서 이제는 새로운 분야와의 콜라보를 항상 고민한다. 요즘에는 도시를 벗어나 농·어촌 마을이나 어르신과 할 수 있는 일에 관심이 많다.

신선한 자극이 필요하다

현장에서 나의 일은 그 어떤 일보다 재미있고 활동적이지만 기획 업무는 행사 전날까지 컴퓨터 앞에 앉아 있어야 하는 일이다. 전날뿐만이 아니다. 매일 책상에 앉아 기획안과 실행계획서를 꼼꼼하게 살펴보고 좋은 생각이 떠오르면 고치고 또 고치며 다듬는다. 그래서 가장 창조적인 업무가 되어야 함에도 불구하고 컴퓨터 앞에만 있으니 콘텐츠가 획일적으로 바뀐다. 반면 업무는 효율적이 되어 편하기는 하지만 콘텐츠 본래의 생생한 맛이 떨어지는 느낌이라 스스로 만족스럽지 않을 때도 많다.

이를 극복하기 위해 우깨는 한 달에 한 번 견학에 나선다. 지역을 벗어나 배울 만한 곳들, 행사, 프로그램들을 직접 보고, 새로운 자극을 받아들인다. 컴퓨터로 찾는 정보들은 비슷한 것들이다. 대부분 포털 사이트를 활용해 키워드를 검색하고, 상위 노출되어 있는 것들을 정보의 전부인 것처럼 착각하고 받아들인다. 그리고 자신의 상황과 일에 맞게 해석하고 기획한다.

물론 이런 작업이 도움이 안 된다는 의미는 아니다. 하지만 남들보다 조금 다르게, 특별하게 하고 싶다면 사무실을 나와야 한다. 거의 똑같은 정보만 돌아다니는 인터넷보다는 아무것도 없을 것 같은 우리 동네를 돌아다니는 것이 더 신비롭고 재미있을 때가 많다.

이때 중요한 것은 타인의 시선으로 감정이입을 해서 걸어 보는 것. 예를 들어 여대생의 시선으로, 휴가 나온 군인의 시선으로, 책을 좋아하는 사람의 시선으로, 아이와 외출한 아빠의 시선으로 돌아다녀야 한다는 것이다.

요즘 나는 책방 만들기에 한창이어서 책을 좋아하는 사람, 카페와는 다른 분위기에서 일상을 보내고 싶어 하는 사람들의 기분으로 걸어 다닌다. 그러면 새롭게 보이는 것들, 받아들일 수 있는 것들이 동네에도 가득하다. 이런 시도와 노력은 기획에 반드시 도움이 될 것이다.

3 ——— 홍보·마케팅 방법

회사가 주는 이미지가 중요하다

무엇보다 어려운 것이 홍보인 것 같다. 하지만 기획사에서 홍보는 가장 공들이고 집중하는 부분일 수밖에 없다.

우리를 보는 사람들이 먼저 접하게 되는 것은 준비된 프로그램의 포스터나 관련 소식일 것이다. 행사를 주최하는 입장에서도 공격적인 홍보를 위해 여기저기 포스터를 퍼뜨린다. 하지만 개인이 접하는 행사 포스터들, 각종 프로그램 정보들은 여기저기 넘쳐 난다. 실제로 페이스북, 인스타그램만 들어가도 각종 홍보물로 넘쳐 나 머리가 아플 지경이다. 그렇다고 포스터나 홍보물 게시를 하지 않을 수는 없다. 어떤 프로젝트를 하더라도 그것은 기본이기 때문이다. 그렇다면 어떻게 차별화를 해

노는 게 아니라 기획하는 겁니다

야 할까?

내가 맨 처음 후배들과 프로그램을 만들고 홍보했을 때, 사람들은 프로그램보다는 우리의 존재 자체를 궁금해했다. '얘들은 누군데 이런 일을 하려는 거지, 전주에서 왜 이런 행사를 하는 거지?' 이러한 호기심들이 초창기에 사람들을 불러 모으게 했다. 실제로 처음 페이스북 페이지를 만들자마자, 사무실을 공사할 때 그냥 와서 도와주는 분도 있었다. 과일이나 음료수를 사 오는 분, 페인트칠이라도 한 번 하고 가는 분들이 내내 찾아왔었다. 대부분 모르는 분들인데도 우리를 응원하고 싶다고 했다.

그때부터 우리는 콘텐츠뿐만 아니라 우리의 일상을 공유하기 시작했다. 공사는 어떻게 진행되고 있고, 우리에게 필요한 것은 무언지, 부족한 부분은 무언지 등등 내부 경영 이야기와 더불어 우리들의 생각을 공유했다. 어쩌면 모르는 사람의 사소한 불평, 하소연, 소망, 꿈이었지만 우리들의 이야기를 사람들이 굉장히 좋아해 줬다. 덕분에 페이스북 팔로워는 순식간에 1만 명 정도까지 돌파했다.(지금은 페이지를 개편하면서 다른 계정을 쓰고 있다.)

지금 생각해 보면 사람들은 우리가 하려는 프로그램보다는 우리가 지역에서 열심히 해 나가는 모습을 보고 싶은 것이었다. 그래서 우리는 잘 생존하는 모습을 보여야 한다는 목표를 가지고 하루하루를 버텼다. 전진하는 행보 하나하나가 전부 나를 표현하는 것들이었다. 이렇게 되자 사람들의 응원과 기대를 저버리고 싶지 않아 더 열심히 했다.

우깨는 청년의 이미지가 강하다. 처음에는 무언가를 하려는 지역 청년들의 단체라는 인식이 강했다. 그런데 4년 차가 지난 지금에야 비로소 기획사업을 전문적으로 하는 청년들이라는 소리를 듣고 있다.

사실 요즘 청년이라면 '힘들다, 어렵다' 등 부정적인 이미지들이 먼저 떠오른다. 청년 문제는 사회에서도 심각하게 대두되고 있고, 국가도 청년 일자리, 복지 등을 최우선 해결 과제로 내세우고 있다. 이렇게 청년이 어렵고 힘든 시기에 우리가 나서서 청년들을 위해 활동을 하겠다니 사람들이 응원하고 좋아해 주는 것 같다. 어쨌든 이렇게 우리는 청년이라는 대표적인 이미지를 가지게 되었다.

제대로 된 디자인은 필수

디자인은 언제나 우리에게 가장 중요한 요소였다. 어떤 행사를 하기 위해서는 항상 디자인이 문제였다. 그렇다고 거창한 것을 디자인하는 것은 아니었다. SNS에 올릴 포스터 하나 정도를 만드는 데도 굉장한 노력과 시간이 필요했다.

프로그램이나 모임·행사 등을 홍보하기 위해서는 포스터가 필수다. 하지만 넘쳐 나는 포스터들에 묻혀 내가 만든 포스터가 그냥 지나갈 뿐이라면 철저하게 고민해야 한다. 그래서 나는 디자이너와 협업할 것을 강력 추천한다. 본인이 디자인 업무를 소화할 수 있다면 상관없지만 나처럼 그러지 못한다면 항상 디자인이 발목을 붙잡을 것이다. 처음에는 모든 것을 혼자해도 괜찮지만 가능하면 디자인만큼은 전문가와 하는 것이 좋다.

나는 초창기에 디자이너를 고용할 형편이 아니었다. 대부분의 창업자들도 마찬가지일 것이다. 디자이너 월급은 고사하고 내 인건비조차 만들기 힘든 상황에는 디자이너를 고용하는 것 자체가 부담이다. 그래서 나는 처음에 파워포인트를 활용해 포스터를 만들어 보기도 했다. 하지만 내가 봐도 볼품없는 포스터들이 만들어졌다. 그래서 포털 사이트에서 포스터 디자인을 검색해 글자만 바꿔 보기도 했지만 역시 쉽지 않았다.

결국 디자인 관련 학과를 전공하는 대학생 친구들과 협업을 했다. 대학생 중에는 디자인 작업을 하면서 아르바이트를 하는 친구들이 있다. 운이 좋게도 실력이 좋은 친구를 소개받아 그 친구와 함께 오랫동안 작업을 했다. 축제 포스터, 모임 포스터 등 아이템이 잡히면 콘셉트를 설명하고 그 친구한테 의뢰하면 작업을 해서 줬다. 한 건당 페이를 지급하니 월급을 주는 것보다 저렴하고 그 친구도 알바거리가 생겼으니 서로 편했다. 이렇게 전문으로 하는 친구의 시안들을 보면 확실한 차이를 느낄 수 있다.

이제는 형편이 나아져 디자이너를 정식으로 고용했다. 디자이너는 단순 디자인만 하는 것이 아니고 아이디어 회의부터 실행계획까지 항상 함께한다. 이렇게 프로그램의 특성을 제대로 파악한 후 디자이너는 멋진 작품을 만들어 낸다.

포스터가 완성되면 우리는 항상 발로 뛰며 붙이고 다닌다. 온라인 홍보만으로는 한계가 있기에 주변 카페, 옷 가게, 식당 등을 집중 공략하며 붙여 달라고 부탁을 한다. 이제는 한자리에 4년째 있어서 주변에 단골들이 많이 생겼다. 단골 사업장에서 호의적으로 우리 포스터를 잘 보이게 붙여 주기도 하지만 단호히 거절하는 사업장도 있다. 그런데 포스터가 예쁘면 조금 상황이 달라진다. 예쁜 포스터를 만들어 가면 망설이며 거절했던 카페나 옷 가게도 반겨 준다. 디자인이 예쁘니 인테리어 액자처럼 보이기 때문이다.

디자인은 나의 생각과 아이디어를 대중에게 처음으로 전달해 주는 수단이다. 그래서 아무리 생각과 아이디어들이 좋아도 포스터가 별로라면 사람들은 절대 반응하지 않는다. 조금 돈이 들어가더라도 다른 곳에 지출을 줄이고 디자인에 꼭 신경을 써야 한다. 잘 만들어진 포스터 하나는 예상보다 파급력이 크다.

흥미로운 프로그램명으로 사람들을 자극하라

디자인과 더불어 중요한 것은 프로그램명이다. 일명 네이밍. 이것이 중요한 이유는 간단하다. 적은 비용으로 우리의 콘텐츠가 한 번이라도 더 눈길을 받게 하려면 매력적인 프로그램명이 필요하다. 우깨는 항상 네이밍을 굉장히 고민한다. 실제로 모든 회의를 다 마치고 실행만 하면 되는데 프로그램명이 좀처럼 마음에 들지 않아 6개월 동안 행사를 미룬 적도 있었다. 그만큼 네이밍은 중요하다.

네이밍은 모호하면 안 된다. 사람들이 봤을 때 저절로 연상되는 이미지들이 우리가 의도한 것들과 일치하도록 해야 한다. 이름을 봤는데 우리의 기획 의도는 떠오르지 않고 각자 저마다의 생각이 든다면 일단 좋지 않은 네이밍이다. '이건 대체 뭐 하는 거지?'라는 의문이 든다면 네이밍에 완전 실패한 것이다.

우깨는 발랄하면서도 가벼워 보이지 않고 그 가운데에 메시지를 내포하기 위해 고민을 거듭한다. 일단 우리는 기획회의를 마무리하면 네이밍 회의를 시작한다. 때로는 기획회의보다 더욱 길고도 치열하게 진행된다. 이때 각자 브레인스토밍으로 내놓은 아이디어는 하나도 거르지 않고 모조리 칠판에 적는다. 그렇게 생각을 주고받으며 최종 아이디어를 결정하는데 이 과정이 정말 힘들다. 빨리 결정해 버리고 싶은 마음이 몇 번씩 솟아나지만 그 이름이 세상에 나왔을 때를 생각하며 신중하게 서로의 생각을 다듬는다.

똑같은 행사나 프로그램을 네이밍 하나만 제대로 바꿔도 이미지는 굉장히 달라진다. 혹시 지금 준비하고 있는 기획이나 프로그램이 조금 진부하고 재미없게 느껴진다면 이름을 조금 재미있게 지어 보자. 흥미로운 이름이 사람들을 재미있게 느끼게 한다.

고객들과 지속적으로 소통하기

우리는 공간을 오고 가는 청년들과 많은 이야기를 나눈다. 주로 그들의 고민과 걱정 등을 들어 주는 역할을 한다. 업무로 바쁘더라도 우리 공간을 찾아와 주면 이야기부터 나눈다. 사실 찾아오는 친구들도 때로는 이야기할 대상이 필요해서 오는 경우가 많다. 그런 사정을 잘 알기에 사람들과 항상 많은 이야기를 나눈다.

이야기를 듣다가 4시간 동안 끊지 못하고 들은 적도 있었다. 그럴 때면 도망가고 싶은 순간들도 있었지만 청년들과 그렇게 소통한 것이 우깨의 자산이 되었다. 이렇게 깊은 대화를 나누면서 친해지니 우깨 프로그램의 충성 고객이 하나둘씩 늘어났다. 우리가 프로그램만 열면 무조건 참여하는 친구들이 많아진 것이다. 커다란 힘이 되는 친구들이다.

SNS를 통해서도 사람들과 지속적인 소통을 한다. 요즘은 페이스북과 인스타그램을 통해 우깨의 소식을 꾸준히 올린다. 물론 즉각적인 반응들이 오는 것은 아니지만 계속해서 무언가를 하고 있다는 것을 보여 주는 것 자체가 도움이 된다.

너무 바빠서 6개월 동안 아예 SNS를 운영하지 못한 시기가 있었다. 그때 꽤 많은 사람들이 전화를 걸어서 우리 사업이 잘 안되느냐고 물어봤다. 사실은 사업이 잘되어 너무 바빠진 탓에 신경을 쓰지 못했던 것인데 사람들은 SNS에 올라오는 글 하나하나를 우리의 '생존신고'처럼 느꼈던 것이다. 이제는 전문적으로 SNS를 관리하는 팀원이 있다. 앞으로도 우깨는 다양한 채널을 통해 고객들과 소통을 이어갈 것이다.

감사하게도 4년이라는 짧은 시간 동안 다양한 크고 작은 사업, 프로젝트들을 했습니다. 가장 감사한 일은 많은 분들과 지역에서 인연을 맺었다는 것입니다. 사업을 시작하고 얻은 가장 큰 깨달음은 사람들에게서 도리어 제가 에너지를 얻는다는 사실입니다. 그래서 저는 모든 인연이 소중합니다.

지방은 왠지 활력이 없고 부족한 곳이라는 이미지가 많습니다. 어쩌면 생동감이 없다는 표현이 맞을지도 모르겠습니다. 하지만 우리가 만났던 사람들은 모두 지역에서 무언가를 하고 싶어 에너지와 열정을 쏟아 내고 싶은 사람들이었습니다. 우리는 기획을 하고 그러한 사람들(특히 청년들)을 한자리에 모으려고 노력해 왔습니다. 그 과정과 결과는 언제나 우리에게도 큰 힘이 되었습니다. 결국 우리의 가치는 사업의 규모보다는 많은 대중과 함께했을 때 비로소 만들어지는 것 같습니다.

지역에서 터전을 잡고 있는 저는, 지역의 청년들이 다양한 문화를 주도하고 역량을 키워 나가면서 즐겁게 이곳을 지켰으면 하는 바람이 있습니다. 지방에서는 할 것이 없다면서 어쩔 수 없이 떠나는 일이 없도록, 스스로 하고 싶은 것을 고민하고 실현하면서 방법을 찾아낸다면 좋겠습니다. '우깨' 역시 그런 고민 속에서 더욱 치열하게, 생존하기 위해 노력하겠습니다.

여러분도 모두 하고 싶은 일을 하면서 함께 살아갈 수 있기를!

'우 깨'의 프로그램들

2018년

· 2018 전주문화재 야행 홍보기획(문화재청, 전주문화재단)

· 임실군 청소년대상 북투유캠프 기획 및 운영(임실진로직업체험센터, 임실교육지원청)

· 동네북페스티벌 기획 및 운영(한국출판문화산업진흥원, 9월 진행 예정)

· '두권책방' 김제시 두노마점(2호점) 설립

2017년

· 우린 모두 쓸모 있는 사람이야 콘서트 기획 및 운영(마한교육문화회관)

· 제3회 전주시수어문화제 기획 및 운영(전주시 수어통역센터)

· 2017 전주비빔밥축제 대표 프로그램 기획 및 운영

· 2017 인문독서예술캠프_전라권 청년형 기획 및 운영(한국출판문화산업진흥원)

· 여름밤엔 우린 Jazz 콘서트(마한교육문화회관)

· 세상을 바라보는 강연과 다큐멘터리의 만남 '수다큐'(전국미디어협회,

노는 게 아니라 기획하는 겁니다

전주시민미디어센터)

- 전북대학교 Ck-1행복사업단 '청년문화기획자 양성과정' 진행
- 전주시 청년 공간_비빌 1호점 운영
- 2017 대한민국 독서대전_전주 프로그램 기획 및 운영(책방투어, 북스 킹 프로그램)
- 강진고등학교 북캠프 기획 및 운영
- 완주청년허브캠프 공동 기획 및 운영(완주군, 더구르오브오디언스)
- 엔드엔드 콘서트 기획 및 운영(남원교육문화회관)
- 동네북콘서트(자체사업)
- '두권책방' 전주시 고사점(1호점) 설립

2016년

- 시시콜콜_청년신남사업(한국문화예술교육진흥원)
- 2016 전주비빔밥축제 프로그램 기획 및 운영
- 2016 인문독서예술캠프_전라권 청년형 기획 및 운영(한국출판문화산 업진흥원)
- 청소년진로강연회 '진로it수다'(임실청소년상담복지센터)
- 주민 아트디렉터 양성과정(완주문화재단)
- 빛나는 이 순간, 청춘(한일장신대학교)
- 청춘내일(전국미디어협회, 전주시민미디어센터)

- 라면영화제(전주시민미디어센터)
- 뜻밖의 스쿨 콘서트 기획 및 운영(마한교육문화회관)

2015년

- 제12회 장수 도깨비축제(기획 및 운영)
- 청년허브컨퍼런스(익산문화재단)
- 생산적 또라이 파티
- 안녕, 인생(전북문화예술교육지원센터)
- 강연회 '취향저격'(전남 장성고등학교)

*괄호 안 단체는 프로그램을 주관하거나 주최한 곳임.

노는 게 아니라 기획하는 겁니다